記憶喪失の
薬師ですが、
寡黙なはずの
魔法師団長様が
溺愛モードで
離してくれません!!

記憶喪失の薬師ですが、寡黙なはずの魔法師団長様が溺愛モードで離してくれません

柊 一葉

illustration あのねノネ

ICHIJINSHA IRIS NEO

CONTENTS

この作品はフィクションです。
実際の人物・団体・事件などには関係ありません。

記憶喪失の薬師ですが、寡黙なはずの魔法師団長様が溺愛モードで離してくれません!!

【プロローグ】憧れの人に看病されています

どこか遠くで、呼ばれている気がする。

『――ゼ、――ゼ、目を覚ましてくれ』

泣きそうなその声は、どこかで聞いたことのあるものだった。

男性の低い声がずっと私に呼びかけている。あまりに切ない声音に「行かなくては」と感じた。

『頼む、シュゼ……！』

重い体は、すぐには思い通りに動いてくれない。深い深い海の底に沈んでいくみたいだった。

でも、諦めてはいけない気がした。どうしても、もう一度会いたい人がいる。

この声の人に会いたくて、私は懸命に手を伸ばした。

すると突然、力強い手が私の手首を掴《つか》む。

「っ！」

次第に周囲が明るくなっていき、光に向かって進んでいけばここから出られるんだと直感した。

深く息を吸い込むと久しぶりにまともな呼吸ができたみたいで、閉じていた喉が開き「ごほっ」と籠《こも》った音が口から漏れる。

「ん……」

目覚めて最初に見えたのは、真っ白な天井だった。

少し視線を動かせば、薄い水色のクロスに金色のランプが見える。

ここは、宮廷の三階にある医局だ。私たち薬師がたまにお世話になる仮眠室で間違いない。

かすかに頭を動かしただけで、右のこめかみにズキッと痛みが走った上に全身がだるい。

私は家にも帰らず、なぜ仮眠室で眠っていたんだろう？

昨日の自分の行動を思い出そうとしたものの、頭痛が強くなるだけで何も思い出せない。

「ううっ」

黒髪が頬に張り付いている不快感に気づき、それを手で掃《はら》おうとする。でも、右手が何かに押さえつけられているみたいで動かせなかった。

「シュゼ？」

「え？」

突然、愛称を呼ばれて驚いた。

銀髪の美しい男性が、私の手を握り締めながらこちらを見ている。心配そうに私の様子を窺《うかが》う紫色の瞳が、見惚《みと》れるくらいに美しい。

どうやら、私は彼に看病してもらっていたらしい。状況的にそうとしか思えない。手を握られていたことに気づけなかったほど、二人の体温は溶け合って馴染《なじ》んでいた。

私と目が合うと、彼は感極まってさらにぎゅっと手を強く握る。

「シュゼ！　あぁ、よかった……目が覚めて」

「グランジェークさ、ま？」

私はこの人を知っていた。

いや、私どころか国中のほとんどの人が知っている有名人だから「知っている」と表現するのはちょっとおかしいかもしれない。

魔法師団長のグランジェーク・カーライル様、二十七歳。

魔力を保有しているのは国民のたった三割で、その中でも魔法師団に入れるのはほんの一握り。グランジェーク様は、国一番の魔力量を誇る特別な方で、史上最年少で宮廷魔法使いになった天才だ。

輝く湖面のような銀髪は艶があり、少し長めの前髪は顔の左側だけ横に流して耳にかけている。

神に愛されている証《あかし》といわれる紫色の瞳は印象的で、じっと見つめられると吸い込まれそう。すっきりとした高い鼻梁《びりょう》に、完璧な造形美といってもいいほど整った顔立ちで落ち着いた大人の魅力を感じさせる人だ。

さすが、この方を見たくて魔法師団の門の前に列をなす女性たちの姿が絶えないだけのことはある。

私は息を呑《の》んだまま身動きを止め、じっとグランジェーク様を見つめていた。

「夢……？」

絞り出した声はあまりに掠《かす》れていて、恥ずかしさではっと口をつぐむ。

信じられない。どうしてこの方がこんなところにいるの⁉　なんで私の看病をしているの⁉

「シュゼ、水は飲める？」

彼は私の手をそっと離すと、立ち上がってそばにあったテーブルから水差しとグラスを取る。そしてグラスの半分だけ水を注ぐと、労《いた》わるような笑みを浮かべながら甲斐甲斐《かいがい》しく私の前に差し出した。

「飲める？」

幸せそうにふわりと微笑《ほほえ》んだグランジェーク様を見て、私は心拍数が上昇した。

グランジェーク様は、私にとってただ遠くからお姿を見られるだけで幸せだと思える存在だ。だからこれは幻に違いない。

混乱してただ見つめることしかできなかった。すると、仰向《あおむ》けに寝ていた私の背中にそっと自分の腕を差し入れ、まるで恋人の世話をするかのように支えて起こしてくれる。

グラスを持つ大きな手は爪の先まで美しく、王子様のような気品溢《あふ》れる所作がまた素敵だ。

これは夢なの？　都合のいい夢を見ているの？

「シュゼ？」

あぁ、声までが美しい。さっきからずっと心臓がドキドキと鳴っている。

「シュゼ？　自分では飲めない？」

彼は心配そうに眉根を寄せた。

こんなに素晴らしい夢を見られるなんて、一体何のご褒美かな？

感動で胸がいっぱいになり、私はますます言葉が出なくなる。

ところがそのとき、グランジェーク様は持っていたグラスを自分の口へと運び、ぐいっとあおるとそのまま私に顔を寄せた。

「んっ⁉」

唇が重なり、口の中に冷たい水が流れ込んでくる。

驚きすぎて息が止まった私は、反射的にそれを飲んだ。

唇の感触も喉の痛みも、夢じゃない⁉

ごくんっと音がして、グランジェーク様のお顔がそっと離れていく。

今自分がされたことを理解するまで、数秒を要した。

「上手に飲めたね。もっといる？」

ぼんっと火が出るんじゃないかと思うくらい、顔が熱い。

私を見つめるグランジェーク様の目は、どう見ても恋人に向ける目をしていた。

恋愛経験のない私には刺激が強すぎる。

「もう少し飲んだ方がいいね」

彼はそう言うともう一度口に水を含み、さっきと同じように唇を重ねようとする。

放心状態だった私も、さすがに今度は両手を顔の前に出してそれを防いだ。

「ま、待って、待って！」

「ん？」

彼は目を瞬《しばた》かせる。私の行動が理解できないかのような反応だった。

「どうして……！　どうして……！」

「シュゼ？」

あああ、声が甘い！

私は咄嗟《とっさ》に飛び退くと、ベッドの端で枕に縋《すが》りつきながら叫んだ。

「嘘《うそ》、こんなっ……!?」

「シュゼ？」

「信じられない、信じられない！　なんで口移し、グランジェーク様が！」

顔を真っ赤にして涙目で叫ぶ私を見て、彼の表情がすっと変わる。呆気《あっけ》に取られたような、信じられないものを見るような目に変わった。

　そして、一拍置いた後で尋ねる。

「グランジェーク様って、何？」

「え？」

「シュゼ、俺のことなんでそんな風に呼ぶの？」

「な、なんでって言われても」

　遠い存在の憧れの人を、様づけで呼ぶのは普通だと思う。

　もしかして、カーライル侯爵と呼んだ方がよかった？

　一瞬そんなことが頭をよぎるも、彼の反応を見る限りそれは違うみたい。

「どうしていつもみたいに『グラン様』って呼ばないの？」

「いつも？」

　私は首を傾《かし》げる。

　彼もまた、私をじっと見てかすかに首を傾げた。

「ねぇ、シュゼ。自分の名前は言える？」

　質問の意図がわからない。言えるに決まっている。私は素直に答えた。

「シュゼット・クラークです」

　ふむ……と頷《うなず》いたグランジェーク様は、矢継ぎ早に質問を重ねる。

「年は？」

「二十三歳です」

「職業は？」

「宮廷薬師です」

「勤務先は？」

「ルウェスト薬師長に師事していて、第一調合室で勤務しています」

「好きな食べ物は？」

「食堂のパンケーキ、苺《いちご》抜きです」

こんなことを答えて、この方には正解かどうかがわかるの？　私のことなんて、名前くらいしか知らないはずでは……？

二人の間に沈黙が落ちる。

私はどうすればいいかわからなくなり、困り顔で笑っていた。

一方で、グランジェーク様は神妙な面持ちでさらに尋ねる。

「シュゼの恋人の名前は？」

「……？　そんなのいませんけれど」

恋人なんて、一度もいたことがない。十六歳で宮廷薬師になってから、恋愛より仕事に打ち込んできたのだ。というのはモテない言い訳かもしれないが……。

しかし彼は、私の答えを聞いた途端に悲しげな表情に変わる。

「それ、本気で言ってる？」

「はい？　ええ、もちろんです。私に恋人はいません」

そうきっぱり言い切ると、グランジェーク様は驚きで目を瞠《みは》り、みるみるうちに蒼褪《あおざ》めていく。あ

まりに悲痛に感じられて、私は思わず声をかけた。

「あの……グランジェーク様？　どうしたんですか？」

しばらく無言で見つめ合った後、グランジェーク様は急に扉に向かって駆け出し、それを勢いよく開けて大声で叫んだ。

「マルリカ！　早く来い、シュゼがおかしい!!」

私がおかしいってどういうことですか!?

二十三歳で恋人がいないってそんなにおかしいの!?

何が何だかわからず目を丸くしていると、廊下の方からバタバタと足音が聞こえてくる。

「起きたの!?　おかしいって何が!?」

仮眠室に飛び込んできたのは、医局で働く女性医師のマルリカさんだ。

長い赤髪をゆるく三つ編みにしていて、すらりと細い脚に白いパンツスーツがよく似合う。慰労会などで何度か話したことはあるし、私の師匠と一緒にいるときに世間話をするような間柄だった。

「あ……お久しぶりです。おはようございます」

私はとりあえず挨拶をする。

「おはよう」

マルリカさんは私を見て目を細め、何やら観察しているようだった。

二人の視線が私に向かっていて、ちょっと居心地が悪い。

しばらくすると、マルリカさんがグランジェーク様の方を向いて言った。

「別に、普通じゃない？　ちょっと髪の毛が乱れているくらいで顔色も悪くないわ」

その言葉に、私はいそいそと両手で頭を撫《な》でて整えた。

マルリカさんの言葉に対し、グランジェーク様は必死に訴えかける。

「シュゼの記憶がおかしいんだ！」

「記憶が？」

「シュゼが『自分に恋人はいない』と……！」

「何ですって？」

マルリカさんまで、信じられないものを見る目で私を見つめる。

私は何が起こっているかわからず、ベッドの上に座って枕を抱き締めていた。

【第一章】魔法薬で恋人の記憶を失いました

窓の外には、豊かな木々と白亜の城が見える。

私は、白いシャツと青色のワンピースに着替え宮廷薬師に支給される新緑色のローブを羽織り、仮眠室から医局のスタッフルームへ移動してふかふかのソファーに座っていた。

正面にはマルリカさんがいて、眠っている間に行われたという私の検査結果に視線を落としている。目覚めた私の健康状態に問題はないように感じるが、『記憶障害の疑いがある』とのことでここへ連れてこられた。

私の隣にはグランジェーク様がぴたりと添うようにして座っていて、私の口にミルク粥《がゆ》をせっせと運んでいる。

「どう？　おいしい？」

「んっ……、おいしいです」

私はもぐもぐと粥を咀嚼《そしゃく》して、ごくりと飲み込む。

憧れの魔法師団長様に何をさせているのかと思うけれど、「自分で食べます」と断ったときのグランジェーク様が今にも窓から飛び降りそうなくらい悲愴感を漂わせていたから抵抗できなかった。

自分で食べるのは普通のことなのにこちらが酷《ひど》いことをしているような気分になり、「これはもう黙って受け入れるしかない」と諦めた。

「シュゼ、食欲があってよかった」

その微笑《ほほえ》みは、どんな攻撃よりも効く。

グランジェーク様って、こんな風に笑う人だったの？

以前は、もっとクールでかっこいいイメージだった。同じ魔法師団の部下でもない限り挨拶以上の言葉は交わさないし、そのお姿を見られたときはそれだけで「今日はいいことがありそう」と嬉《うれ》しくなるようなありがたい存在だった。

そんなグランジェーク様に世話を焼かれるのは、違和感がすごい。

「はい、スープもあるよ」

「あ、ありがとうございます」

私の戸惑いをよそに、グランジェーク様の健気《けなげ》な奉仕は続く。

オレンジ色のポタージュスープは、口に入れると甘じょっぱくてクリーミーだった。

「おいしい……」

にんじんとかぼちゃかな？

簡単そうだけれど、こんなにおいしいスープが医局でもらえるなんてびっくりだ。

スープに感激する私を見て、グランジェーク様は嬉しそうに微笑む。

「シュゼが起きたら食べたがると思って作っておいたんだ」

「んんっ」

喉に詰まりかけた。

「作った？」

「うん。君がこれを好きだから」

「私が」

まさかの手作りだった。目覚めてから驚きの連続である。

しかも美貌の魔法師団長様から惜しみなく愛《いと》おしいという眼差《まなざ》しを向けられ、さっき起きたばかりなのにまた意識がぐらりと遠ざかりそうになった。

「シュゼ、そろそろ記憶がはっきりしてきた？」

グランジェーク様が恐る恐る尋ねてくる。

――俺のこと、思い出した？

目がそう言っている。残念ながら、今もまったく思い出せない。

「えーっと……？」

困って苦笑いを浮かべていると、ずっと検査結果を見ていたマルリカさんがようやく口を開いた。

「シュゼット、あなたは自分が倒れたことは覚えている？」

「倒れた……？　私が？」

私の取り柄は、健康なところだ。

薬師なので健康には気をつけてきたし、そもそも倒れるほど働きづめといった日々は送っていない。

倒れたと言われても信じられなかった。

「覚えていません」

私の答えを受け、マルリカさんは右手を顎に当てて思案しながら話し始める。

「あなたは、二日前の夜に調合室で倒れていたところをグランジェークに発見されたの。それからずっと意識が戻らなくて、さっきまで眠っていたわ」

「二日も寝ていたんですか!?」

てっきり、一晩眠っていただけだと思っていた。どうりで体がだるいはずで、目覚めたときに喉がカラカラだったのも納得だ。

「検査結果を見る限り、脳に異常はないわ。自分の名前も仕事も覚えているし、歩行機能にも問題なし。倒れたことがわかっていないのは貧血なんかで運ばれてきた人にはよくあることだし」

マルリカさんの口ぶりに、私は少しホッとした。自覚はなかったけれど貧血だったのかな、ということで早くも勝手に納得しようとする。

ところが、話はこれで終わりではなかった。

「でも体内から微量の魔法薬が検出されているの」

「魔法薬ですか……？」

私は目を瞬《しばたた》かせる。

「最初は、魔法薬を飲んで自死でもしたのかって思ったんだけれど」

「そんなことしません！」

私は、力いっぱい否定する。

「ええ、それはないとすぐに思ったわよ」

マルリカさんは、冷静にそう答えた。信じてもらえたことはありがたい。

「あの、私は魔法薬なんて飲んでいません」

薬師にとって、魔法薬は身近なものだ。病気やケガに効く魔法薬を作るのが仕事だから。魔法薬なんて、職場にはいくらでもある。

でもそれを飲むことはめったにない。そもそも、いくら薬師でも調合室から魔法薬を私的に持ち出すことはできないのだ。

材料も完成品もすべて厳重に管理されていて、どれを使うにしても申請が必要になる。

「私が飲んだ魔法薬の名前はわかっているんですか？」

その質問に答えてくれたのは、グランジェーク様だった。

「まだわかっていないんだ。調合室にある薬のリストと成分を照合し、市販薬とも念のため照合したが君の体内から検出された魔法薬と一致するものはなかった」

それはつまり、私が飲んだのは実験中の薬である可能性が高い。依頼内容によっては、ゼロから新薬を作ることがある。実験中の薬ならば医局の鑑定ではわからない。

「開発途中の魔法薬を、私がうっかり飲んだんでしょうか？」

自分で質問しておきながら、そんなうっかりさんが宮廷薬師になれるわけがないと思った。

マルリカさんも、苦笑いで首を横に振る。

「さすがにその線は薄いわ。倒れる直前、あなたが調合室で紅茶を飲んだのはわかっているの。それに魔法薬が混入されていたんじゃないかしら」

重苦しい空気が流れる。

「魔法薬は、完成してから二十四時間以内であれば作った薬師の魔力の痕跡が残るものよ。紅茶に混ぜられていた魔法薬からは、シュゼットの魔力が検知されている」

「私が作った薬を、誰かが私に飲ませたということですか？」

いたずらなのか、それとも明確に殺意を持ってのことなのか？

どちらにせよ、悪意が自分に向けられたことに背筋がぞくりとした。

「あの日、調合室に出入りした薬師か調合師、事務官が疑わしいわね。持ち出し記録を改ざんする方法がないわけじゃないし、自宅から持ってきた魔法薬をこっそり持ち込むことはできなくもない」

「それは、そうですね」

セキュリティは厳しいけれど、混入を完璧に防ぐ方法はない。

「犯人の目的は何なんでしょうか？」

私を殺したいなら、不完全な薬なんて使わずにもっと確実な方法があっただろう。

嫌がらせだとしても、そんなことをする人物に心当たりはない。

「私にこんなことをするメリットが思い浮かびません。妬まれるようなこともないですし」

宮廷薬師は、一般人からすれば羨望の職業だ。お給金だっていいし、恵まれていると思う。でも、一緒に働く人から妬まれるようなことは思い当たらない。

私より優秀な薬師はたくさんいて、そういう方面で妬まれる可能性も薄い。

う〜んと悩む私を見て、マルリカさんは憐憫《れんびん》の目を向ける。

「あるとしたら、そこの男に関することなんだけれど」

「え？」

視線の先には、グランジェーク様がいる。

私はきょとんとした顔で彼を見た。

「シュゼット、あなた本当にグランジェークのことがわからないのよね？」

グランジェーク様は、さっきの笑みとは打って変わって少し緊張気味に私を見つめている。

私は何となく気まずくなり目を逸《そ》らした。

「この方が『グランジェーク様』ということはわかりますよ？　この城で働いていてグランジェーク様を知らない人なんていませんから」

有名人だから、当然知っている。そんな私の答えに対し、グランジェーク様はぎゅっと私の手を握って縋《すが》るように尋ねた。

「俺はシュゼの恋人だ。覚えていないのか？」

きらきらとした瞳。圧倒的なオーラ。眩《まぶ》しさから目を細め、私は背をのけぞらせる。

「すみません、あまり見ないでください」

「出会った頃と同じ反応だ……！」

グランジェーク様はショックを受けていた。

私は混乱し、どうしていいかわからなくなる。

「出会った頃、とは？」

恋人だなんて冗談でしょう？

信じられない気持ちでいっぱいの私に、マルリカさんが残念そうに言った。

「あなた、グランジェークのことだけを忘れているわ。二人が恋人だったのは間違いないもの」

「グランジェーク様のことだけ？」

そんなことがあるんだろうか？

恐る恐る隣を見ると、彼は泣きそうな顔で私を見つめていた。

その表情に胸がどきりとする。あれ？　どこかでこの顔を見たことがある……？　いやいや、でもグランジェーク様はいつだって完璧でかっこよかった。

クールでスマートで何でもできる天才で、皆に頼られていて……こんな悲しげな顔をする人じゃないはず。けれど、考えれば考えるほど自分の記憶が曖昧になっていることに気づき始める。

「本当に、私はグランジェーク様のことを忘れているんですか？」

この人のことだけを、魔法薬のせいで？　魔法薬は万能じゃないから、特定の人間だけ忘れるなんて到底できることじゃないでしょう？

「私が開発中の魔法薬にそんな効果が？」

記憶を消し去る薬。そんなものができたとして、それは『薬』と呼べるんだろうか？

誰かの役に立つの？　もはや毒なのでは？

「私はなんでそんな薬を？」

「どこかから依頼があったんじゃないかしら？」

マルリカさんはそう答える。私は、倒れる直前のことを思い出そうとした。

夜、いつもの調合室。魔法で何かの薬を作っていた。それはかすかに思い出せる。

調合師たちが「お疲れ様です」って言って部屋を出ていって、私はそこに一人きりで……。

そのあと、何があったの？

「っ!!」

「シュゼ！」

突き刺すような強烈な頭痛を感じ、私は顔を顰《しか》める。これは拒否反応だ。制約魔法をかけたときに、その行為を逸脱しようとして起こる症状に似ていた。

すぐに痛みは治まったものの、無理に思い出すのはよくないとマルリカさんからも注意を受ける。

「シュゼット、しばらくはもうそのまま忘れてなさい。体に負担がかかるわ」

「でも」

「あなたが忘れているのは、恋人のグランジェークのことと、それから倒れたときのことや作っていた魔法薬のこと。薬師としての知識も技量も失われていないみたいだし、何よりきちんと日常生活が送れる。今は焦っちゃダメよ」

「……はい」

思い出したいのに、それをしようとすることさえ許されない。

歯がゆさから、スカートの裾をぎゅっと手で握り締める。

次の瞬間、隣からすごい勢いで襲いかかられた。

「シュゼ、かわいそうに！　俺がそばにいなかったからこんな……！」

「わぁぁぁぁ！」

ぎゅうっと抱き締められて、動揺で悲鳴を上げる私。心臓がばくばくと激しくなっていて、どうしようもなく狼狽《うろた》えていた。

待って!?　クールでかっこいいグランジェーク様はどこへ行ったの!?

「シュゼ……！　シュゼ……！」

「あの、ちょっ」

もう離さないとばかりに縋りつかれ、彼の本気が伝わってくる。

　顔を真っ赤にして身動きを止める私。そんな私たちを見たマルリカさんは、はぁと息をついた後でぽつりと言った。

「問題は明日よねぇ」

「明日？」

　明日、何があるの？　薬師として仕事に戻れるかわからない、ってこと？

　これから私はどうなるんだろうと不安が募っていく。

「記憶障害はいつ治るか予測できないし、ひとまず今日はここに泊まりなさい。その方があなたも安心でしょう？」

「はい……そうさせていただきます」

　今の私には自分に異変が起きていることがわからない。あのまま一人で起きていたら、ちょっと調子が悪いなというくらいにしか思わず、記憶喪失だと自覚がないまま普通に仕事に出ていただろう。

　今のところ、生活面で困りそうな部分はない。そう、生活面では……。

「それなら俺も帰らない。シュゼのそばにいる……！」

　すでに窓の外は真っ暗になっている。城内はとても静かで、魔法師団の人たちも宮廷薬師たちもほとんどが帰宅している時間だった。

　今、私に巻きついたまま離れようとしないグランジェーク様がいること以外、何も困っていない。

　マルリカさんは、世にも残念なものを見る目を彼に向けている。でも、私みたいに「意外だ」と思っているわけではなさそうだった。

「あの〜、グランジェーク様って普段はどういう感じなのでしょうか？　私の中では、クールでかっこいい人というイメージだったんですけれど」

それとも、今私に記憶がないだけで、彼は普段からこんなに激甘の恋人依存みたいな人だったの？

ソファーで彼に巻き付かれたままそう尋ねると、マルリカさんは困った顔で嘆く。

「う〜ん、まぁ、クールでかっこいいっていう表現が間違っているわけじゃないけれど、この男はあなたが絡むとちょっとおかしくなるっていうか」

「おかしくなるんですか」

今まさに、体験しているこの状態は確かにおかしい。おかしくなっている。

「よく遠くからあなたを見て、『かわいい』って見惚《みと》れていたり、『会えないと死んでしまう』って言って遠征先から転移魔法を使って日帰りしたり、そういう前科はあるわね」

「前科」

「でもあなたの前では、がんばって理想のクールでかっこいい魔法師団長様の皮を被《かぶ》っていたわよ？　こんな風に人前で抱き着くようなことはなかった」

「へー」

何だか自分のことじゃないみたい。

憧れの人が私と会えないと死んでしまうと言うなんて、そんな姿はまったく想像できなかった。

ここでグランジェーク様は、不機嫌そうな声で反論する。

「俺はもう、ものわかりのいい大人の男ぶるのはやめる。君を失いかけて、本当に本当に後悔したんだ。もっと心のままに愛を伝えておけばよかったと」

情熱的なのはわかるけれど、相手が私っていうのがどうにもしっくりこない。

仕事中は、長い黒髪を雑に一つに結んだ状態でおしゃれの一つもしていないし、グランジェーク様のように誰もが見惚れる美貌というわけでもない。

二十三歳にもなれば縁談は山ほどくるが、それだって同僚からの紹介や「誰でもいいから宮廷薬師の妻が欲しい」という申し出だ。私を恋愛的な意味で好きだなんていう人は、今の今まで出会ったことがなかった。

だから、憧れの人と付き合っていたと言われてもまるで信ぴょう性がない。

「シュゼのいない家は寂しすぎる」

「家?」

きょとんとして彼を見上げる。至近距離で見つめ合うと、ドキドキして直視できない。パッと顔を背けて尋ねる。

「あの、もしかして一緒に住んでいるんですか?」

「あぁ。ひと月前から一緒に住んでいる」

「えっ、同棲してたんですか!?」

そこまで進んでるなんて、本当に夢じゃないかしら? それは一緒の部屋で寝起きしてるってこと?

気になるけれど、聞くのが怖い。

「二日前の夜だって、俺はシュゼと一緒に帰ろうと思って調合室へ迎えに行ったんだ。すると君は『まだ少し仕事が残ってる』と言って……。だから俺は、君に会いたい気持ちを我慢して十分後に再び迎えに行った」

「早くないですか⁉」

たった十分でもう一度来たの？　眉根を寄せる私。

マルリカさんは、もう死んだ目でグランジェーク様を見ている。けれど、彼は私たちの反応なんて気にも留めず話を続けた。

「扉を開けたとき、調合室には誰もいないように見えた。不審に思って奥へ進むと、床に倒れている君を発見したんだ」

「私は、その十分間に倒れたんですか？」

グランジェーク様が来なかったら、私は手遅れになって死んでいた可能性もあるのでは？　さぁっと蒼褪《あおざ》めた私を見て、マルリカさんが口を挟む。

「グランジェークの気持ちはわかるけれど、今日はいったん帰りなさい」

しかし、これにムッとしたグランジェーク様は私を抱き締める腕の力を強めて言った。

「俺がシュゼを見守る」

「バカね、徹夜で看病するつもり？」

「夜通し寝顔を見るくらいいつものことだ」

「いつもって何ですか⁉」

私はぎょっと目を見開く。

いつも夜通し寝顔を見られているの⁉　売り言葉に買い言葉みたいなことよね⁉　そうであってください！

「あの、今日は私だけで医局に泊まります。お願い、します」

消え入りそうな声でそう懇願する。いくら憧れの人でも、今この状況でお邸《やしき》に行って一緒に寝るなんていうのは無理だ。

私の気持ちが伝わったみたいで、グランジェーク様はみるみるうちにしゅんと気落ちする。

「シュゼ。俺が嫌?」

「嫌だなんて、めっそうもない!」

強めに否定すると、彼があからさまにホッとしたのがわかる。そんなに私に嫌われたくないんだ、そう思うと何だかかわいそうになってきた。

あぁ、私ったらなんで大事なことを忘れちゃったの⁉

グランジェーク様と恋人同士だなんて、人生に一度しかない奇跡なのに!

自分の不甲斐《ふがい》なさに打ちひしがれる。

「シュゼ、君に無理させたいわけじゃないんだ。ただ、一緒にいたくて」

「グランジェーク様……」

「それに、君は何者かに魔法薬を飲まされたかもしれないんだ。無事だとわかったら、また何かされるかもしれない」

「はっ、そうですね」

グランジェーク様のインパクトが大きすぎて、自分が魔法薬を盛られて危険な状況にあることを忘れていた。

「私、これからどうすれば……」

犯人がわからない以上、職場に行くのは危険かもしれない。私は職場で倒れたんだから。

だとしても、この二日間はすでに急に休んでいて皆に迷惑をかけたはず。

作らないといけない薬もある。急に現実感が増してきて、私は俯《うつむ》きながら悩み始めた。

「君の師匠のルウェスト薬師長は不在、セブ副長は『宮廷薬師の醜聞になったら困るから騒ぎ立てるな』と言って当てにならない。君を守れるのは俺だけだ」

セブ副長は、侯爵家出身の四十代でメンツや体裁を何より大事にする人だ。

宮廷薬師が魔法薬で記憶喪失になったなんて、何かよくない事実が出てきそうで揉《も》み消したいだろうなとすぐに想像がついた。

グランジェーク様が私の髪をそっと撫《な》でながら言った。

「大丈夫。もう二度と君に手出しはさせない」

「……。それはつきっきりで見張るということですか？」

「あぁ、君に近づこうとする者は全員捕らえる」

「やめてください」

調合室の皆が捕まってしまう。私は顔を引き攣《つ》らせる。

「俺はシュゼが大事なんだ。守りたい」

胸がきゅんとなる。

あぁ、クールでかっこいいグランジェーク様も素敵だけれど、こんな風に甘える雰囲気の彼も素敵に思えた。

「ずっと我慢していたんだ……。本当なら君をどこへも行かせたくないし、ほかの男と話してほしくないし、君の声が聞こえる距離にいる男は全員始末したいと思っている」

前言撤回。全然素敵じゃない。

心が狭すぎる。

「じょ、冗談ですよね……？」

お願いだから、今すぐ私を解放して。そんな気持ちでそっと離れようとすると、再びぎゅうぎゅうと抱き締められた。

「シュゼ！　ごめん……！　俺がついていながらこんなことになるなんて」

「あああ、すみませんすみませんすみません、あなた様のせいではないですから！　私が誰かに薬なんて盛られたせいですから！」

もう訳がわからない。

今はそっとしておいてほしい。

とりあえず、今はこの人に「私は大丈夫だ」って言ってどうにか帰ってもらわないと……！

切羽詰まった私は、興奮ぎみに口走る。

「大丈夫なんで！　私、グランジェーク様に面倒見てもらわなくても全然大丈夫なんで！」

「っ!?」

ぴしりと固まるグランジェーク様。その目は、絶望の色を滲《にじ》ませていた。

あぁ、多分まずいことを言ったわ。私は一瞬にして後悔した。

「俺がいなくてもシュゼは大丈夫、なのか……？」

「え、あの、えーっと」

大丈夫というか、別にずっとついててもらわなくてもっていう意味だったんですが？

そろりと腕を離したグランジェーク様は、ゆっくりと立ち上がる。

「グランジェーク様？」

どうしよう。今すぐ身投げしそうな負のオーラを感じる！

私もつられて立ち上がると、彼は呟《つぶや》くように言った。

「シュゼ、君が望むなら俺はここから消えよう。ただし医局から出ないように…………。俺は外で不審者が来ないか見張るよ」

「帰らんのかい」

「マルリカさん！　刺激しないでください……!?」

あわあわと狼狽える私は、気落ちしたグランジェーク様がふらふらと歩いて部屋から出るのをただ見ていることしかできなかった。

「仕方ないわね。あれは私がフォローしておくから、あなたはゆっくり休みなさい」

「は、はい……」

マルリカさんはそう言うと、高いヒールを鳴らして颯爽《さっそう》と去っていく。

ぽつんと一人きりになった私は、しばらく椅子に座って頭の中を整理することにした。

「本当に恋人同士だったなら、なんで忘れちゃったの？」

ソファーのひじ掛けにぐてっと上半身を預け、独り言を呟く。

「宮廷薬師は魔法薬への耐性が強いはずなのに」

洗脳状態や混乱状態を防ぐための加護を毎年きちんと教会で受けている。毒耐性だって見習い期間にきちんと基準値をクリアしている。

――本当、シュゼットは何をさせてもダメね。

はるか昔の記憶、どうせならきれいさっぱり忘れたかった母の声を思い出す。

私が生まれた子爵家は特に語るような歴史もなく、かといって貧しいわけでもなく、いたって平凡な家だった。物心ついたときから、両親の愛情は跡継ぎである二つ下の弟にだけ向けられていた。

私は両親に愛してほしくて「がんばったね」と褒めてもらいたくて、一生懸命勉強した。

小さな頃は、がんばれば両親が自分を愛してくれると思っていたのだ。

結局は跡継ぎではない私が両親にかわいがってもらえることはなく、見かねた祖父が私を引き取ってくれた。

七歳のときだった。

――シュゼット、薬草は人を助けてくれるんだ。知識は体を、心を救うんだよ。

宮廷薬師だった祖父が私を引き取ったのは、娘をあんな風に育ててしまった罪滅ぼしみたいな気持ちだったと思う。

親に愛されないかわいそうな孫を哀れに思っているのだと伝わってきた。

ただ、私は私で「こんな広い家に一人で住んでいるおじいちゃんってかわいそう」と、引き取られたばかりの頃は思っていた。

祖父に色々と教わる日々は楽しくて、私が宮廷薬師を志すのは当然の流れだった。

亡くなる寸前まで庭の薬草を気にしていた祖父は、十六歳になった私が宮廷薬師の試験に合格し、晴れてローブを纏《まと》った姿を見てひと月後に亡くなった。

グランジェーク様に初めて会ったのも、確かその時期だ。

遠くからでも目立つ長身に美しい銀髪。一度見たら忘れられないほど、絶世の美貌を持つ人だ。彼は誰もが認める、偉大な魔法使い。

どんな危険な任務もさらりとこなし、凶悪なドラゴンさえも討伐した実績を持つ。

七年前、私が宮廷薬師になったばかりの頃にはすでにグランジェーク様は英雄だった。

――今日は新人諸君にとって初めての遠征だ。魔法使いと薬師は互いに協力し合うように。

式典の日、整列した私たちの前に現れた彼は、凛々《りり》しくてとてもかっこよかった。直属の部下ではない私たち調合室のメンバーは、「あんなに素敵な人がいるなんて」と、きゃあきゃあ騒いでいたのを覚えている。

その他大勢、私はそのポジションだった。

それからもお姿を見かけることはあっても会話を交わすことはなく、ただ「かっこいいなぁ」と遠くから眺めて憧れていたっけ。

「どう考えても、付き合う要素がないのよね」

過去を振り返れば振り返るほど、遠くから見ていただけの私がどうしてグランジェーク様と恋人になれるのか？

それこそ、惚《ほ》れ薬でも飲ませたのでは、というくらいの奇跡だ。

う～んと唸《うな》り声を上げて思い出そうとする。

グランジェーク様との接点……、グランジェーク様との接点……。

食堂で斜め後ろに座ることができた、廊下ですれ違ったときに挨拶することができた、師匠と一緒に歩いているときにその声を聴くことができた。

思い出せるのはその程度のこと。やはり会話した記憶はない。

「ん？」

ここでふと、轟轟《ごうごう》と音を立てて燃える炎が脳裏によぎる。急にフラッシュバックした光景に驚いた。

あれは何？　火事？　いや、違う。何かが燃えていて……。

騎士や魔法使いが怯《おび》えて逃げる光景が脳裏に蘇《よみがえ》る。

「っ‼」

思い出そうとしていたら、突然ズキッと頭が痛む。

私は両手で頭を抱え、ソファーで体を丸めて縮こまった。

「ううっ」

ダメだ。これ以上無理に思い出そうとしちゃいけない。

グランジェーク様は私と二年付き合っていたと言ったから、もしかしてそれと関係がある？

彼のことを思い出そうとすればするほど、頭痛が増していく。

これ以上は危険だと感じ、私は思い出すのをやめて大きく深呼吸をしてから窓を開けた。

「ふぅ……」

次第に頭痛は治まり、落ち着いて夜空を眺めることができた。

そういえば、ゆっくり星空を眺めるなんて久しぶりだ。

記憶喪失なんかにならなければ、こうして休むこともなかったんだなと思うと、ちょっと複雑な心境ではある。

「グランジェーク様が、私を好き？　そんなバカな」

何気なく口にする。やはり違和感がものすごくて、まだ夢を見ているのかと思った。

そうだ、きっと明日の朝になれば何もかも元通り。「随分と都合のいい夢を見たな」と呆《あき》れて笑うんだ。きっとそうだ。

けれど、残念ながら何もかも現実だった。


街中に響き渡る祝福の鐘。

雲一つない青空の下、白亜の大聖堂に多くの招待客が集まっている。

純白のドレスを纏った私は、花嫁の姿で大聖堂の控室《ひかえしつ》にいた。

「なぜ、いきなり結婚式!?」

メイドたちはすでに下がっていて、部屋には今、私とマルリカさんだけだ。

記憶喪失になってまだ二日目。今朝、ベッドから起きてすぐにメイドや文官女性に捕まって、私は馬車に押し込まれた。

グランジェーク様がいなかったからてっきり帰ったのだと思っていたけれど、馬車に同乗したマルリカさんは「彼はもう先に行かせたわ」と言った。

向かったのは、王城からも見える白亜の大聖堂。警備兵の数が多くて、「今日は何かあるの？」と首を傾げていたら「あなたたちの結婚式なの」とさらりと言われて気絶しそうになった。

なんと、今日はグランジェーク様と私の結婚式だという。

「仕方ないじゃない。一年も前から決まっていたんだから」

聞いてない。いや、聞いていたのかもしれないけれど忘れてしまった私には初耳だ。

馬車から降りた私は「なんで!?」とか「無理です！」とか言いながらも、メイドたちに囲まれて花嫁の控室に閉じ込められた。

見たこともない豪華なドレスを着て、重い宝石のついたネックレスやイヤリングをつけ、髪を結い上げられてヴェールまで装着されて現在に至る。

「魔法師団長様《グランジェーク》の結婚式だから、延期はできないってことですよね？」

顔を引き攣らせながらそう尋ねると、マルリカさんは目を閉じてしっかりと頷いた。

まぁ、そうですよね。一介の宮廷薬師ならともかく、魔法師団長様の結婚式が延期になるなんてあり得ませんよね。

理由はわかった。

でも、グランジェーク様はこれでいいの？

「花嫁が記憶喪失でもいいんですか？」

自分のことだけ忘れられるなんて、とんでもなく悲しいのでは？

屈辱的、と受け取られない？

悲しみが怒りに変わってもおかしくない。

顔面蒼白《そうはく》でおろおろする私に対し、マルリカさんはきっぱりと言い切る。

「いいに決まってるでしょう。むしろ下手に延期して逃げられるより、結婚式を挙げて外堀を埋めておこうって思ってこそ〝できる男〟だわ」

「できる男の基準、間違っていませんか？」

本当にこれでいいの⁉

「さぁ、もう式が始まるわよ」

考える時間がなさすぎる。私は心の整理ができないまま、グランジェーク様が待つ場所へと連れて行かれた。

ステンドグラスから降り注ぐ光が、グランジェーク様の銀髪をきらきらと輝かせる。

本当に美しい人……。

魔法使いは神のいとし子だって崇《あが》める人もいるけれど、彼を見ていると本当にそうなんだという気がしてくる。

煌《きら》びやかなシルバーの衣装は、魔法師団の式典用特別仕様。その胸には勲章が幾つもついていて、彼が偉大な魔法師団長様であることがわかる。

大勢の招待客の前で、私はグランジェーク様と永遠の愛を誓って結婚する。

何も知らない神父様は、私の方を見て笑顔で尋ねた。

「シュゼット・クラーク。病めるときも、健やかなるときも、夫となるグランジェーク・カーライルを愛し続けることを誓いますか？」

素直に「はい」と言うだけでいい。それはわかる。

ただし、その一言がスムーズに出てこなかった。

グランジェーク様を見ると、明らかに思い詰めた顔で俯いている。

どう見てもまともな精神状態ではない。

「……ゼ、俺の、シュゼ……」

ひぃぃぃ！　病めるときも健やかなるときもって、現在進行形で闇に呑《の》まれてる人を「生涯愛せますか？」って聞かれたらそれはちょっと即答できない。

でも、今は結婚式の本番だ。私はごくりと生唾を飲み込んで、どうにか返事をした。

「はい、誓います……！」

あぁ、なんで私は記憶喪失になんてなってしまったんだろう？　しかも、結婚式の前日に。昨日から引き続き、後悔が押し寄せる。

「シュゼが、俺を、生涯愛してくれる……？」

いきなり目に輝きを取り戻してる！

私は驚いて彼を凝視する。

神父様はグランジェーク様の情緒不安定さに動揺を見せたものの、さっき私にしたのと同じ質問を彼にもした。

「では、グランジェーク・カーライル。病めるときも、健やかなるときも、貴方《あなた》は妻となるシュゼットを」

「誓います」

神父様がまだ言い終わっていないのに、グランジェーク様は食い気味に誓いを立てる。

その勢いに、神父様も驚き目を瞠《みは》っていた。

すみません。すみません。すみません。彼をこんな風におかしくしたのは、薄情にも記憶を失《な》くした私のせいです。

心の中で謝罪を繰り返す。

「それでは、誓いのキスを」

その言葉にどきりと胸が鳴る。

キスをする？　水を飲まされたのとは違う、誓いのキス。

彼がこちらを向いた気配に、胸のドキドキが加速する。ぎこちないもののゆっくりと向かい合うと、顔を隠していたヴェールを白い手袋をつけた大きな手がそっと持ち上げた。

どういう顔をしていいかわからず、困ってしまって上目遣いにグランジェーク様を見つめる。

「きれいだ……！」

「っ！」

感極まったように、そして愛情が伝わる柔らかな笑み。私は息を呑む。

「シュゼ。幸せにする……、必ず」

彼は、本気で私と結婚するつもりなのだ。

自分のことを、自分のことだけを忘れた女と結婚するのだ。

この複雑な思いを罪悪感と言わず何と言う？

ぎゅっと目を閉じたのは、キスに緊張したからかそれとも申し訳なさからか。肩にそっと手が置かれ、二人の顔が近づくのがわかった。

ドキドキして待っていると、彼の唇が優しく私の頬に触れる。身構えていた誓いのキスはそれだけであっさりと終わった。

目を開けると、満足げなグランジェーク様がいた。

私が自分を覚えていないから、唇にはしなかった……？

驚く私に、彼は言う。

「よし、帰ろう」

「え？」

気づいたときには、横抱きにされて持ち上げられていた。

「えええええ！」

ドレスの裾が、ふわりと舞う。

彼はまっすぐに前を見て、そのまま扉の方へと進んだ。

「グランジェーク殿⁉」

「え？　式はこれでおしまい⁉」

招待客が騒然とする中、グランジェーク様は颯爽と歩いていく。

私は目を丸くしたまま、彼の顔を見て呆然《ぼうぜん》としていた。

大聖堂を出たグランジェーク様は、迷いなく歩いていく。憧れの人にお姫様抱っこされているのに、喜びよりも不安の方が断然勝っていた。

落とされないようにぎゅっとしがみついているうちに、魔法馬車が停めてある場所へと到着する。

馬車と言ってもそれを引く馬はおらず、操作用の杖を持った御者ロボットが御者台にいるだけで、この国でも有数のお金持ちや魔法使いしか乗れない代物だ。

グランジェーク様が近づくと、何もしなくてもスッと扉がスライドして開き、彼は慣れた様子で中へ乗り込む。

ようやく下ろしてもらえるのかな？

ちょっと期待したけれど、彼は私を抱きかかえたまま腰を下ろした。

「シュゼ、昨日は取り乱してすまなかった」

「え？　あ、いえ……」

真剣な顔でそう言われると、何とも申し訳ない気持ちが蘇る。

今のグランジェーク様には闇に呑まれた感じはなく、堂々とした凛々しい雰囲気で私の知っている彼に戻ったように思えた。

けれど、その瞳に籠《こも》る熱は本物で、私への愛を情熱的に訴えかけてくる。

見つめ合うと胸がどきりとして、逃げたくなってしまう。

「シュゼ」

「は、はい」

「忘れてしまったのなら、記憶を取り戻せばいい。取り戻せないなら、今度こそ君の心に俺のことを刻みつければいい。俺は何も絶望することはないと気づいた」

「あの、そうはおっしゃいましても、私は」

「問題ない。俺は、君を心から愛している」

真剣にそう告げられれば、一気に体温が上昇する。

頬が熱くて、どうしていいかわからなくなった。

問題ありまくりですよね!?　私、なんで結婚することになったかまったく覚えていないんですよ!?

どうしてそこまで言い切れるの？

神父様の前で宣誓したから？　それとも、結婚しなきゃいけない理由でもあるの？

混乱する頭で、必死に考える。彼はそんな私の手を取り、懇願するように言った。

「シュゼ、俺のそばから離れないで」

その声の切なさに、私は反射的に頷いてしまう。

あ、私、流された。どう考えても流されている。けれど、今この状況で無理だとは言えなかった。

両親からも愛されなかった私が、ここまで必要とされているのだ。この人は確かに、私を恋人だと思っているんだ。『憧れの魔法師団長様』ではなく、『シュゼットを大切に想《おも》ってくれる人』なんだと痛いほどに伝わってきた。

嬉しくないわけがない。

記憶を失くしてしまっても、私はこの人のそばにいなきゃと思った。

「これから……」

「うん」

「どうか末永くよろしくお願いします」

「……あぁ！」

グランジェーク様は感極まったように微笑む。

そして、私の手の甲にそっとキスをした後で言った。

「命が尽きるまで、いや、尽き果てても君のそばに」

重い。すごく重い。

憧れの人がすっかり変わってしまっている。

外を流れる景色は素晴らしくスピーディーで、私たちはあっという間にお邸へと到着した。

結婚式翌日、早朝から私は広い邸の広い厨房《ちゅうぼう》にいた。

アイボリーの壁はシミ一つなく、調合室よりも広い厨房はまさに貴族のお邸のそれだった。

――ヴィ――――――ン……。

静かな厨房に響く振動と騒音は、魔法を動力とするミキサーの音。その中では、緑というかどす黒い液体がかき混ぜられている。

結婚式の緊張感や記憶喪失になってしまったという心理的負担から、私は夕べとても早く眠りについた。広いベッドは少し寂しいくらいで、室温は適温なのに寒くて毛布にくるまりながら眠った。

朝はいつもより早い時間に目が覚めて、こうして厨房に下りてきてしまった。

「ルッコラにキャベツ、明日葉とレモン、ブルーベリーにアセロラ。それから濃縮した回復薬と滋養強壮エキス」

最後に入れるハート型の乾燥した葉は、天使の気まぐれと呼ばれるハーブだ。

記憶力活性化や脳にリラックス効果があるといわれていて、ストレス軽減効果もあるとされている。

仕上げにそれを入れると、私は再びミキサーのスイッチをＯＮにした。

「おはよう、シュゼ。よく眠れた?」

突然に背後から甘やかな声がかけられ、私は思わずびくりと肩を揺らす。けれどそれも、厚手のショールでくるまれた上から抱き締められたことでなかったことになった。

「お、おはようございます……！」

「どうしたの？　こんなに朝早くから」

すりっと頬を寄せたグランジェーク様は、まだ眠そうだ。朝は弱いタイプらしい。

「健康にいい薬草ドリンクを作っていたんです」

背中に重みとぬくもりを感じ、声が少々上擦っている。グランジェーク様はそれには構わず会話を続けた。

「薬草ドリンク？　すごい色だね」

確かに、おいしそうには見えない。多分、味もまずいだろう。塩とハチミツを入れただけでは、抑えられない苦みが広がっていそうだった。

私はミキサーを見て苦笑いする。

「脳によさそうな成分を詰め込んだらこうなりました。どうせなら、記憶障害を患った実験体として自分で自分を検証して治していこうと思いまして」

「自分を実験体に？」

「はい。何もせずにただ待つのは落ち着かないので」

このままでいいわけがない。できるなら、グランジェーク様のことを思い出したい。

夕べは私を気遣い寝室を譲り、自分は書庫にある簡易ベッドで休むからと言ってくれたこの人のことを私も大事にしたいと思ったのだ。

グランジェーク様は、私の意気込みとは正反対に少し納得いかないという風な声になる。

「焦っておかしなことはしないでね？　……これ、俺も飲んでいい？」

「え！　飲むんですか？」

この色を？　作っておきながら、私はぎょっと目を見開く。

「健康にはいいんだろう？」

「それはそうですけれど」

グランジェーク様が飲む気満々なので、私はそっとその腕から離れてグラスをもう一つ追加する。

ミキサーから薬草ドリンクをグラスに移すと、ドロッとした不気味な液体がグラスを満たした。

「…………」

「…………本当に召し上がります？」

二人してそれを見つめ、まずそうだなと同じことを感じていた。

「いただくよ」

私よりも先に、彼がグラスに手を伸ばす。

ハラハラしながら見守る私。

グランジェーク様はごくごくと薬草ドリンクを飲み、わずかに眉を顰めて感想を述べた。

「想像していたよりも味は悪くないな。でも苦みとえぐみとはまた別に、謎の甘みが主張しているのが後を引く」

人はそれを『まずい』と言います。

私もグランジェーク様の後に続き、ごくごくと薬草ドリンクを飲み干した。

彼は、正確にこのドリンクのまずさを伝えていたとすぐに気づく。

「うわぁ……本当ですね。グランジェーク様の言った通り、謎の甘みが後引くまずさです」

「これってスープにできないの？　ベースをヨーグルトじゃなくてもっとあっさりしたものに変えた

方がいいんじゃないかな」

「そうですね。生だと酵素やビタミンが破壊されずに摂取できると思ったんですが、温めてスープにした方が消化吸収率が高まるから効果的かも……？」

「別に飲めないわけじゃないけれど、どうせならおいしい方が脳にもいいんじゃないかな」

う～ん、と私は頭を悩ませる。

すると、グランジェーク様がくすりと笑って私の眉間に人差し指を当ててきた。

「えっ」

「ここにしわが寄ってる。考えすぎはよくない」

脳を回復させようとして、脳を使ってしまっている。そう指摘され、私は困ってしまった。

「薬師は料理人じゃないので、味のことは二の次なんですよね」

「まぁ、俺もそうだけれど」

ははっと笑ったグランジェーク様は、目を細めて言った。

「シュゼにはおいしいとか楽しいとか、幸せだっていう感情だけを抱いてほしい。たとえドリンク一つにしても」

「っ！」

あああ、今日も笑顔が神々しい！

キラキラした眼差しが眩しくて、私は思わず両手で顔を覆って呻《うめ》く。

そこへ、腰ほどの背丈のロボットメイドがスススッとやってきた。

『異物発見、異物発見！　危険につき除去いたしマス！』

「はぃ!?」

メイド服とエプロンをさっと翻したロボットは、そう言うとミキサーごと薬草ドリンクを持っていたゴミ袋に回収した。

「えええ！」

『解析します……解析します……』

唖然《あぜん》とする私の隣で、グランジェーク様がロボットメイドに指示をする。

「それは薬草ドリンク。異物じゃない。洗浄、のち収納、でよろしく」

『かしこまりました？』

こてんと首を傾げるロボットメイド。表情は動かないが「納得いかない」と言っているように見える。

でも彼女は主人の言いつけ通り、ぴかぴかになったミキサーやグラスを出して棚に片づけてくれた。

「あの、このお邸に人間の使用人はいないんですか？」

昨日、結婚式の後にここへ連れて来られたときから、ロボットしか見ていない。

メイドに執事、シェフ、魔法使いの家ではこれが普通だって聞いていたけれど、一人も人間の使用人がいないのは珍しいような。

「うん、いないよ？　人間は俺とシュゼだけ。ほら、人って嘘ついたり裏切ったりするから」

なかなかに闇の深い発言である。

笑顔でそう言われると受け流してしまいそうだけれど、グランジェーク様って人間嫌いなんだろうか？　マルリカさんとは普通に会話していたのに……。

私の疑問に気づいた彼は、眉尻を下げて言った。

「信用できる人間は、数えるほどしかいないかな。シュゼになら騙《だま》されても裏切られてもいいけど」

「そんな……」

「そもそも裏切らせないしずっとついていく」

「執念がすごい」

「愛だよ、愛」

ちょっとその愛、重すぎませんか？

戸惑う私を見て、グランジェーク様は話題を変える。

「さぁ、朝ごはんにしよう。シュゼの好きなものをたくさん用意するように、ロボットたちに伝えてあるから」

そっと手を差し出され、私は無意識にそこに自分の手を重ねる。まるで、今までもこうしていたかのように自然に体が動いてしまった。

一カ月前から一緒に住んでいるって、グランジェーク様は言っていたっけ。

記憶はなくなっても、体が覚えているのかもしれない。じっと手を見つめていると、グランジェーク様は笑顔で言った。

「今日は休日だから、二人きりでゆっくりしよう」

結婚休暇で、私とグランジェーク様は七日間のお休みをもらっている。

この人と二人きりで七日間も大丈夫かと心配になるけれど、あまりに彼が幸せそうに笑うから「もうどうにでもなれ」と思ってしまった。

子どもの脳は、どれほど大事な記憶でも忘れてしまうことがある。それは、脳が未成熟だから。

でも、青年期にそんなことはない。

しかも、特定の一人との思い出だけを消すというのは魔法薬でもまだ存在しないはずだった。

「脳は新しい記憶と古い記憶を分けて記録していっているから、シュゼの場合はその新しい記憶の方に魔法薬が作用したと考えられるんだけれど……って、なんでこんな話を？」

グランジェーク様は、ふと我に返ったように疑問を口にする。

私はすっと目を逸らし、もごもごと言いにくそうに答えた。

「いえ、その、何の話をすればいいかわからなくて……。今のところ、記憶がなくなったことしか共通の話題がないので……」

朝食をいただいた後、「庭の花を眺めながらお茶でも」とグランジェーク様に誘われた。

一階の東側にあるサロンへ行くと、日よけのタープの下に大きな籐《とう》の椅子が一つだけあり。当然のようにそこに座った彼は両手を広げて「おいで」と言ってきたのだ。

私がぶんぶんと顔を横に振って断ると、彼が瞬く間にこの世の終わりみたいな顔になり……。結果、今こうして椅子に座る彼の膝に横抱きにされて座る羽目になっている。

流されている……！　私、目覚めてからずっと流されている……!!

猛烈な後悔と、爆発しそうな羞恥心。目を合わせようとしない私と嬉しそうに笑う彼の差がすごい。

「シュゼが、記憶を失ってそのことが気になってるのはわかるけれど……。そもそも、現時点では俺との思い出が消えたのか、消えたと錯覚させられているのかはわからない。消えたと錯覚しているだけならそれを解けばいいのだから、そっちの方がまだ早く記憶が戻りそうだな」

失くしたとばかり思っていたけれど、魔法薬で混乱状態というか洗脳状態である、と仮定するならば手立ては多い。

「師匠がこんなときに不在だなんて」

思わず恨み言が口から漏れた。

私の師であるルウェスト薬師長は、先週から薬草採取の旅に出かけたばかりだ。本当なら、私の結婚式に間に合うように帰ってくる予定だったのに、天候不良で船が出なくて間に合わなかった。

しかも、間に合わないなら……ということで、さらに別の山にまで薬草採取に行ってしまったというのだからまだまだ帰ってきそうにない。

トップがこんなに自由人でいいのかとよく言われるけれど、天才は凡人の考えた枠組みになんて収まらない。

締め付けたら最後、辞めてどこかへ行ってしまうのだからその不利益を考えると今の方がいい。

ルウェスト薬師長にしか作れない薬や魔法薬はとても多く、今回の薬草採取だって国王陛下の持病を治すために役立つかもしれないということで、魔法師団からも護衛がついている。

「転移魔法で帰ってくればいいのに、君の師匠」

「船や乗り物が好きなんだそうです。それに、転移魔法は酔うから嫌だと」

転移魔法は体に負荷がかかるから、嫌がる人は多い。

使うとしばらく歩けないほど体力を消耗する人もいて、私も筋肉痛や吐き気に襲われるのであまり得意ではなかった。何の異変もなく、転移魔法をバンバン使えるグランジェーク様が特異体質なのだ。

「でもルウェスト薬師長が不在なら、俺も大義名分ができる。君を守れるのは俺しかいないって、ずっと調合室にいようかな」

「えええ」

恋人、いや、夫同伴で職場へ行くってそんなのありなの⁉

「シュゼは今、体調不良で倒れたことになってるからね。宮廷薬師が魔法薬を盛られた、なんて公にはできないから」

「ですね。でも公にならなければ、捜査は難しいのでは？」

「うん、だから俺が直接調べる。誰にも文句は言わせない」

きっぱりとそう言い切るグランジェーク様は、少しだけ悪い顔をしていた。

一体何をする気ですか……？　誰と、どこと喧嘩《けんか》するつもりですか……？

「私のせいで、グランジェーク様が周囲の反感を買うのはいけません」

完全無欠の立派な魔法師団長様。グランジェーク様のイメージが私のせいで崩れるのはダメ！

しかし彼は、まったく引かなかった。

「シュゼ、君のせいじゃない。君はただ真面目に職務をまっとうしていただけだ。悪いのは魔法薬を使った犯人で、君は一ミリも悪くない」

そう告げる瞳には、有無を言わせぬ強さがあった。今のグランジェーク様は確かに憧れの魔法師団長様で、思わず胸がどきりとする。

記憶を失ってしまったのに、どうしてこんなによくしてくれるの？

なぜ俺のこと忘れたんだって、怒ってもいいくらいなのに……。

彼は私の髪をそっと撫で、優しく微笑む。

「どんな状態でも、こうしてシュゼがいてくれることが嬉しい。自分を責めないで」

「グランジェーク様……」

「犯人は俺が必ず葬り去るから」

微笑みが、黒い。怨嗟《えんさ》とも呼べるようなものが見え隠れしている気がした。

彼の恨みや苦しみ、嘆きはすべて犯人へと向かっている。

「さぁ、ちょっと街にでも出てみる？　気分転換になればいい」

空気を変え、そう言ってまた明るい笑顔に変わるグランジェーク様。

私も頷き、立ち上がろうとする。そのとき、ロボットメイドがいそいそとこちらへ来るのが見えた。

「どうかしたのか？」

『お客様がお見えです。友好人物リストにはお名前がございませんでしたので、応接室《監獄》へご案内しております』

待って、今なんて言った？　監獄って言わなかった？

耳を疑う私に、ロボットメイドは来訪者の名前を告げる。

『お名前は、ブリッジ子爵夫人のエリヴィアナ様です』

一瞬にして、自分の表情が抜け落ちたのを感じた。

久しぶりに聞く母の名前に、私の心は冷えていく。

私の反応を見て、グランジェーク様はそっと手を握って言った。

「俺が対応しよう。会いたくないのに会う必要はない」

この人は、私の言ってほしい言葉をくれる。

でも、何もかも任せるわけにはいかない。私は義務感から首を振る。

「会います。私の母ですから……」

ロボットメイドの案内で、私は母の待つ応接室へと急いだ。

一見、普通の応接室だけれど、その壁は半透明で中の様子が廊下から見えるようになっている。

母はそれにまったく気づいていない。ダークブラウンの髪を高い位置で結い上げ、臙脂《えんじ》色のドレスを着た貴婦人は、ソファーに座って涼しい顔でお茶を飲んでいた。

きつそうな目元は私の思い出通りの印象で、最後に会った祖父の葬儀から七年経《た》っているだけあって、美しいがさすがに年を重ねたなと感じた。

ブリッジ子爵家で一緒に暮らしていたのは、私が七歳のときまでだ。

弟ばかりかわいがる両親は、私のことが邪魔で存在しないかのように扱っていた。

見かねた祖父が引き取ってくれたから、今の私がある。

しかも、私の名前はもうシュゼット・クラークだ。祖父の娘で、戸籍はすでにブリッジ子爵家から離れている。

グランジェーク様は、私の肩にそっと手を置いて言った。

「やはり俺が一人で対応しよう。君は部屋で待っているといい」

にこりと笑ったグランジェーク様は、ロボットメイドから上着やタイを受け取ると、魔法でそれを一瞬にして身につけて母の待つ応接室へと入っていった。

彼が入っていくと、母は立ち上がり恭しく礼をする。

身分的には、グランジェーク様が侯爵家当主であり魔法師団長で、圧倒的に上の立場だ。母もそれはわかっていて、かなり下手に出ている。

「ご用は私が伺います」

グランジェーク様の冷静な声は、威圧感も漂わせていた。私に話しかけるときとは大違いである。

母は少し怯んだようだったが、大げさなくらいににこやかに挨拶をする。

「初めてお目にかかります。シュゼットの母で、ブリッジ子爵家のエリヴィアナと申しますわ。この度はご結婚おめでとうございます」

そうか、昨日は動揺していて気づかなかったけれど、私は両親を結婚式に招待していなかったんだ。七年も連絡を取っていなかったんだから納得できる。

グランジェーク様は、媚《こ》びるような母の態度にも反応を示さず、ソファーに座って淡々と告げる。

「祝いの言葉はわかった。だが、結婚式の翌日に約束もなしに訪ねてくるのは礼を失しているのでは？」

その言葉に、母は少し苛立《いらだ》った様子だった。でも、それをごまかすように笑って席に着く。

「娘が結婚したと新聞で知って、驚きましたの。まさか有名な魔法師団長様と結婚するなんて、驚きで駆けつけた次第でございますわ」

そうか、私は報告すらしていなかったのか。プライドの高い母のことだ、バカにしていた娘が大物と結婚したのに連絡一つ寄越さず、さぞ腹が立っただろう。母の表情からは、グランジェーク様の恩恵にあやかりたいという気持ちが見え見えだった。

私のことを娘とも思わず放置したくせに、今になって結婚相手の地位や権力が魅力に思えてやってくるなんてどうかしてる。

そもそも、私の今の身元保証人は薬師長なのだ。祖父が死んで、新たな身元保証人が必要になったとき、拒絶したのは一体誰だったか？

忘れていた怒りがふつふつと込み上げてくる。

「ところで侯爵様、私の娘はどちらに？　娘に会わせてください」

母がそう言うと、グランジェーク様は会わせる気はないという態度を露骨に示す。

「俺のシュゼは、部屋で休んでいる」

母の眉がぴくりと動く。

「まぁ、侯爵夫人になったからってそんな怠惰な……。実の親が来たのに顔を出さないなんて」

困ったように笑いながらそう言う母に対し、グランジェーク様は冷淡に告げた。

「シュゼットに親はいない」

「は？」

「あぁ、墓にはすでに挨拶に行った。心配には及ばない」

どうやら、祖父の墓には挨拶に行ったらしい。ことごとく、グランジェーク様との記憶が消えている。

母はさらに苛々してきたのか、顔を顰めて訴えた。

「私はシュゼットの母親です！　あの子は私が産んだんですよ！　会う権利はございますわ！」

今さらすぎる。私は苦々しい気持ちになった。

さすがに見るに堪えないので、私は応接室へと入っていこうと動く。けれどそのとき、グランジェーク様から不穏なオーラが放たれた。

「……だと？」

「え？」

母が怯えた表情に変わる。

「たかがおまえ程度の存在が、シュゼと会う権利を主張するのか？　この世のものはすべて、シュゼにとって必要かそうでないかの二つだ。おまえはシュゼにとっていらない」

「なっ！」

「シュゼが必要とする人間は俺だけでいい。育ててもいない母親が特別な存在だというのなら、俺は速やかにおまえを消さなくてはいけなくなる」

「ひぃぃぃ！」

魔力の波がオーラになって揺らいでいるのが見える。これは相当お怒りだ。

私は慌てて応接室の中へと駆け込んでいく。

「グランジェーク様！」

落ち着いてください、と声をかけながら彼の隣に走ってその手を握る。

「ちょっと落ち着きましょう！」

母は、魔法使いでもない一般人だ。あまり魔力を浴びると、倒れる可能性がある。

グランジェーク様が母を害したという、言いがかりをつけられると困ると思った。

「どうかお引き取りください。ブリッジ子爵夫人」

実際に顔を合わせても、私の心はまったく揺らがなかった。すでに、母は私の中で過去の人になっている。

母は私の態度にぎりっと歯を食いしばり、憎らしいという目で私を睨《にら》む。

「それが母親に対する……」

続きは聞こえなかった。

いつの間にか入ってきていたロボットメイドが、大きめのカップに入ったどろどろの黒い液体を母めがけてかけてしまったから。

『おやおや手が滑ってマス！』

「きゃあああ！　まさか毒!?」

違います。薬草ドリンクです。

私とグランジェーク様は、今朝それを飲んでいました。

スカートにこびりついた薬草ドリンクは、ねばっとしていてなかなか取れない。母は必死にハンカチでそれを拭い、涙目になっていた。

「ロボットの分際で、人を馬鹿にして……！」

『怒らないで、くだ、さい。ロボットのやること、デス、から』

ロボットメイドは、すました顔をして立っていた。

グランジェーク様は私を左腕で包み込むようにして抱き、右手を母に翳《かざ》した。その瞬間、母の足元には七色に光る魔方陣が現れる。転移魔法を使う気だ、とすぐにわかった。

「シュゼの顔を見られただけありがたいと思え。跪《ひざまず》いて慈悲を乞え」

「もうそれ魔王のセリフですよ!?」

私はぎょっと目を瞠る。

グランジェーク様の顔を見上げているうちに、母の姿は応接室から消えてしまった。

「もしかして、母を家まで送ってくれたのですか？」

「あぁ、汚れたドレスで馬車に乗るのは恥ずかしいだろうからな」

一般人が転移魔法を使うと、何カ月も筋肉痛や吐き気に見舞われて大変だと聞く。これに懲りて、もう二度と魔王城《うち》に来なければいいけれど……。

「シュゼ、もう邪魔者は消えたな」

グランジェーク様は優しい笑みを浮かべていた。

私はおずおずと問いかける。

「あの、仮にも親なのにこれでいいんでしょうか？　親を大事にしろって、グランジェーク様は言わないんですね」

これまでも、他人に「両親と疎遠になっている」と話したときにはこんな答えが返ってきた。

——産んでくれたんだから、最低限の付き合いはした方がいい。

——いずれ分かり合える日が来るから、拒絶するのはどうかと思うよ。

この国では、親を大事にしなければいけないという考えがある。教典の一節目で、家族の大切さが説かれているくらい。

でも、私はどうしても両親と付き合う気にはなれなくて……。

グランジェーク様は、私の希望通りあっさりと母を追い返してくれた。会わなくてもいいと言ってくれた。

「誰を大事にするかは、自分で決めればいい」

「自分で？」

「世間の秤《はかり》が正しいとは限らない。シュゼはシュゼのしたいようにすればいい。それが誰かに批判されることでも、俺は協力する」

「私のしたいように？」

きっぱりとそう言われ、しかもどこまでも味方でいてくれると言う。嬉しくて泣きそうになった。

「私、忘れちゃったんですよ？　グランジェーク様のこと忘れて、何も思い出せないのに」

悲しいのと悔しいのが両方にやってきて、私はぐっと言葉に詰まる。

すると彼は、真剣な顔で言った。

「シュゼは、ただ記憶を奪われただけ。何も悪くない」

その瞳には怒りや恨みの感情はまったくなくて、ただ優しかった。

「俺は君を助けたい。君と生きていきたい」

「どうしてそこまで」

私なんてどこにでもいる薬師だ。グランジェーク様みたいに、ほかの人よりも秀でている部分は見当たらない。卑屈になっているわけじゃなくて、現実的にそうなのだ。

彼がここまで私を想ってくれる理由がわからない。

「そんな風にされたら、寄りかかってしまいそうで怖いんです」

記憶が戻れば、グランジェーク様の気持ちを普通に受け入れられるの？　私はどうやってこの人と接していたの？

誰かに依存するのは怖くて、彼が与えてくれる愛情に戸惑ってしまう。

「いくらでも寄りかかってくれて構わない。シュゼは俺を救ってくれた人だから」

「救った……？」

かすかに微笑んだ彼は、ぽんと私の頭に手を置いて「大丈夫」と囁《ささや》く。

子どもを落ち着かせるみたいな仕草なのに、その大きな手の温かさを頼もしく感じた。

「さぁ、少し遅くなったが出かけようか。服は明るめの方がいいか？」

これ以上何か話すと、私が頭痛を起こすと思ったのだろう。彼は、もうこの話はおしまいとばかりに話題を変えた。

そして、パチンと指を鳴らす。それを合図に、桃色のドレスがふわりと目の前に舞った。

シンプルなデザインなのに、袖や裾にフリルや宝石が縫い付けてあってかわいらしい。

「きれい」

続いて、ネックレスや靴も私の目の前に現れた。

「外で待っている」

グランジェーク様は私の支度をメイドに任せ、ご機嫌で応接室を出ていった。

『お手伝い、いたします』

いつの間にか、床に飛び散っていた薬草ドリンクの掃除も済んでいる。

この子はできる子だわ……！

ドレッサーや宝飾品の箱までが現れていて、さっきまでのトラブルが嘘みたいに消え去っていた。

【第二章】 過去を辿《たど》り森の中へ

王城はひっそりと静まり返っていて、廊下を歩く使用人の数も少ない。

ときおり現れる見回りの騎士は、魔法師団長であるグランジェーク様を見てもスッと道をあけるだけで、特に話しかけなかった。

「これはこれは魔法師団長様、このたびはご結婚おめでとうございます。今日まで休暇ではありませんでしたか？」

偶然出会った財務局長がそう告げると、グランジェーク様は誰もが見惚《みと》れる美貌で「少し用があってね」とだけ言って先を急いだ。

恭しく頭を下げる人や挨拶を交わす人はいても、彼の後ろを少し離れて歩くロボットメイドが大きめのリネンカートを押していることを疑問に思う人はいない。

人に見られないように念のため隠れていこう……ということで選んだ手段だったけれど、ここまで怪しまれないとは思わなかった。

『到着、しました』

医局に到着すると、ロボットメイドが教えてくれる。

私はここで、ようやくリネンカートの中から出ることができた。

「シュゼ、つらくなかったか？」

心配性のグランジェーク様は、私を抱き上げるとそう尋ねた。

「大丈夫です。むしろここまで運んでもらってラクでした」

「そうか」

少し笑みを見せた彼は、濃い紫色のローブ姿だ。これぞ魔法師団長様というかっこよさで、一瞬ときめいてしまう。

でも今はそんな場合じゃない。

「あの、下ろしてください」

「……わかった」

え、なんで今「気づかれたか」みたいな顔したの？

私が言わなかったら、ずっと抱き上げたままだったの？

グランジェーク様は渋々といった風に私を下ろす。

周囲を見回すと、数多《あまた》の本に大きな執務デスクがあり、ザ・偉い人のお部屋という印象だった。

「ここはマルリカの部屋だ。もうすぐそっちの扉から戻ってくると思う」

彼がそう言った瞬間、部屋の奥にあった扉がガチャリと開いてさらりとした赤髪をなびかせたマルリカさんが現れた。彼女は、髪をかき上げながら私たちを見て「あら」と目を見開く。

「早いわね。もう来ていたの」

その手にあった書類をデスクに置いた彼女は、にこりと笑って椅子に座るように促した。

「お茶はその子が淹《い》れてくれるのかしら？」

『かしこまりました』

ロボットメイドは、どこに隠し持っていたのかティーセットをさっと取り出し、テーブルの上に並べていく。マルリカさんはそれを見て、嬉《うれ》しそうに言った。

「さすがグランジェークのところのメイドね。うちにも欲しいわ」

まんざらじゃなさそうな顔をするロボットメイドは、一礼して部屋の壁際へと下がる。

私たちは、湯気を立てる紅茶を前に着席した。

「で、進捗《しんちょく》は？」

グランジェーク様がすぐに本題へと入る。

マルリカさんは、調合室を預かるセブ副長や警備を担当している護衛長らと会議をしていたという。

「進捗も何も、責任逃ればかりよ」

警備担当は、今回のことは「魔法薬を飲んだシュゼット嬢の過失ではないか？」と言い、セブ副長は「誰かが薬を盛ったという証拠がない以上どうしようもない」と主張したそうだ。

マルリカさんは「だからそれを調査しないと！」と訴えたものの、セブ副長が頑《かたく》なに調査を拒んだらしい。

理由は、「記憶に干渉する魔法薬を作ろうとして、しかもそれで事故や事件が起きたなんて宮廷薬師の醜聞になる！」ということだった。

副長が顔を真っ赤にして主張する姿が想像できる。

「体裁を重んじる副長らしい意見ですね」

何としても私の過失として片づけたい、それが感じられる。

「ルウェスト薬師長が不在ならこうなるって、犯人も予想していたのかもしれないわ。調合室の中で起きたことなら、公にはならないと考えていたのかも」

計画性があったということ？　あっさりと記憶を失ってしまったことが悔しい。

「とにかく、彼らが頼りにならないことはわかったわ。シュゼットは、表向きは過労で倒れたってことにしかならない」

マルリカさんは、悔しげに目を細めていた。医師として、どうして私が記憶を失ったのかを調べたいと思ってくれている気持ちはありがたいが、あまり彼らと敵対するのは彼女にとってよくないので、私としては申し訳なく思った。

しかも、彼女は自分の伝手《つて》を使って、調合室のメンバーの行動を調べてもくれていた。

「シュゼットが倒れた日、調合室の子たちに特に変わった様子はなかったわ。勤務態度や薬の持ち出し記録に怪しいところもない」

グランジェーク様の部下である鑑定士によって、秘密裏に行動を探っていたから時間がかかったらしい。

現時点で休みをもらってから五日、不審な動きをした者は今のところ見当たらないという。

「あぁ、そういえば、あなたの同期のアウレアって子が『シュゼットは大丈夫なのか』ってうるさかったわ」

これには私は苦笑いだった。

アウレアは金髪碧眼《へきがん》の伯爵令嬢で、何かにつけて私に張り合ってくる。同期だから、私より褒められたい、認められたいという気持ちがあるみたいだ。でも、そこにあるのは純粋なライバル心であって、私を蹴落とそうとかいじめようなんていう気持ちはまったくないのはわかっている。

普段の言葉はきついけれど、私にとっては本音で付き合えるいい友だちだ。

「アウレアからは、あなたはここひと月ほどずっと一つの依頼にかかりきりだったって証言が取れているの。でも、その薬が何なのかは誰も知らなかった」

「誰も？」

「ええ、つまりルウェスト薬師長とあなただけに任された依頼ってことになるわ」

基本的に、宮廷薬師は師の指示で仕事を任される。

自分で作りたい新薬の研究に励むこともあるけれど、私の場合はほとんどルウェスト薬師長と共に動いていた。

「記録帳を見れば、何を作っていたのかはわかるでしょうね」

隠ぺい魔法がかけられたノートには、作っていた薬のことが書かれているはず。けれど、マルリカさんは困った顔で息をついた。

「それが、記録帳がなくなっていたの」

「なくなった……？　私以外は開けられないのに、ですか？」

記録帳は、私じゃないと開けられない。魔力で認証する鍵がかかっているからだ。

「犯人にとっては、記録帳が開くかどうかは重要じゃないのかも。シュゼットが、記憶を取り戻す方が困ると思ってるのかもね」

魔法薬の成分や作り方がわかれば、効果を解除する薬も作れる。犯人は私の記憶が戻らないように、念のため記録帳を持ち去ったのかもしれない。

私が黙っていると、グランジェーク様が不機嫌そうな声音で言った。

「やはり調合室の人間が怪しいな。彼らなら誰でも記録帳を盗むことができる」

本当に、調合室の中に犯人がいるんだろうか？　いつも笑顔で接してくれていた人の中に、犯人がいる？　そう考えると、胸がざわざわした。

マルリカさんは美しい所作で紅茶を飲み、視線を落として言った。

「犯人は、シュゼットが作っている新しい魔法薬のことを知っていた。それであえて、その薬を盛った。動機は、シュゼットにグランジェークのことを忘れさせたかったから、かしらね？　今のところ、予想できるのはそれくらいだわ」

隣を見上げると、誰もが憧れる魔法師団長様がいる。

私がこの人を忘れたら、気持ちが冷めて別れると思った？

「つまり、犯人はグランジェーク様のファンってことですか？」

「その可能性が高いと思ってるわ。一つの可能性にすぎないけれど」

モテすぎる恋人がいたら嫉妬の刃《やいば》が向けられる、なんて物語の中の話だと思っていた。けれど、今の状況ではグランジェーク様への恋情が行きすぎて犯行に……と考えるのが自然だ。

「どうする？　いっそ、ルウェスト薬師長が戻るまでシュゼットは休暇扱いにする？　セブ副長は早く復帰しろって言っていたけれど」

「忙しいですからね」

休暇扱いに、というマルリカさんの提案は妥当なものだった。とはいえ、時が経《た》てばすべてがうやむやになってしまうような気がして、不安が増すかもしれない。

「私の記憶が、自然に戻る可能性はありますか？」

「何とも言えないわね。たとえば今、あなたがグランジェークとの思い出が消える洗脳状態にあるとすれば、ルウェスト薬師長がそれを解除する魔法薬を作れる可能性は高いわ。脳に作用するような薬を、シュゼットが一人で作っていたとは思えないもの」

マルリカさんの見解では、記憶喪失になるような魔法薬を作れるのはルウェスト薬師長だけ。私は、師の指示で試薬を調合していたときに事件が起きた、という予測だった。

「まぁ、この天才医師の私に任せてくれれば強引かつハイリスクな手術で記憶を戻すことができなくもないわ!」

「チャレンジが過ぎます」

自信たっぷりに危険なことを言うマルリカさんに、私は顔を引き攣《つ》らせる。

グランジェーク様は、露骨に顔を顰《しか》めて彼女を睨《にら》んだ。

「おい、シュゼにだけは手を出すなよ」

「わかってるわよ。実験体はもう足りているもの」

え、もうすでに犠牲者がいるの？　実験体って、どんなことをされているんだろう？

想像しかけて、私はすぐに考えるのをやめた。

ダメダメ、世の中には知らない方がいいこともあるの。この話は忘れよう。

そう思っていると、マルリカさんが悩ましげな顔をする。

「思い出すような刺激を与えれば……というのは荒療治よね。となれば、今はルウェスト薬師長が戻ってくるのを待った方がいいと思う。ひたすら隠れて時を待つか、日常生活を普通に送るかどちらか選ぶ権利はあなたにあるわ」

判断をゆだねられ、私はしばらく考え込む。正直言って、このまま逃げ隠れするのも嫌だ。「私は元気です」って、犯人を見返してやりたい気持ちもある。

「怖いですけれど、私は少しでも早く記憶を取り戻したい……！　だから、明日から予定通り薬師の仕事に復帰したいと思います」

グランジェーク様はそっと私の手を握り、優しい眼差《まなざ》しを向けてくれた。

「俺はシュゼの意思を尊重したい。もう絶対に俺の妻に手だしはさせないしな」

「妻」

その言葉に、私は目を丸くする。グランジェーク様と結婚したんだと、改めて気づかされた。

マルリカさんは少し呆《あき》れた様子で、「わかったわ」と言った。

「シュゼットを守るのはグランジェークに任せるとして、医局ができるのはあなたの健康管理くらい。医局から騎士に調査してくれって頼むことはできるけれど、それは嫌でしょう？」

騎士が出てくると、それこそ私が魔法薬を盛られたことが公になってしまう。

ありもしない疑惑や被害が噂《うわさ》になって広まってしまったら、と思うとそれはそれで困る。しかも、騎士による調査が行われるとなれば、新薬の情報から薬師の仕事履歴まで何から何まで彼らの手に渡ることに……。

そうなると当然、調査が完了するまで調合室は立ち入り禁止にされてしまうわけで。研究に遅れが出るどころか、救える命が救えないなんてことになりかねない。

そんなのダメだ。私たちの薬を待っている人はたくさんいるんだから……。

「自分で調べます」

気づいたら、そう答えていた。

「記憶を取り戻せば、犯人のことも思い出すかもしれないので……」

まずは、自分が何の薬を作っていたのかを探ってみよう。無謀かも、とか理屈はわかっているけれど、それしかないような気がした。

「あの、それでもいいですか？」

私はためらいがちに、グランジェーク様に許可を求める。ダメだと却下されるかもとちょっと不安を抱いたが、彼は静かに頷《うなず》いた。

「わかった。シュゼと俺で調べよう」

私は安堵《あんど》から笑みを浮かべ、深く息をついた。


宮廷薬師のローブを纏《まと》い、黒髪を高い位置で一つに結ぶ。

鏡の前には、見慣れた自分の姿が映っていた。

グランジェーク様のことを忘れてしまった以外、私はいつも通りの私である。

胸元に光る小さな六角形の魔法石が付いたネックレスは、グランジェーク様からもらった物だ。紫色のこの魔法石は防御力が高く、炎や水、風などあらゆる魔法から身を守ってくれる。

さらに、私の左手首にある細いブレスレットは、グランジェーク様の手作りでおまもり効果があるらしい。

『困ったときに武器が出てくる』のだと聞いた。

武器を持って戦えってこと？　とちょっと困ってしまったが、何もないよりはいいかもしれない。

しかも、私がどこにいるかもこれでわかるらしい。

『もともと、結婚の記念に贈ろうと思っていたんだ』

昨夜、満面の笑みで彼はそう言った。今の私にはありがたい代物だけれど、記憶喪失になる前から用意されていたなんて、一体どういう過保護なんだろうか？

うん、あまり深く考えない方がいい。愛には色々種類があるのだ。

彼が私を大切に想《おも》ってくれていることは間違いないんだし、すべては安全のため。そう思うことにする。

ネックレスはシャツの中に仕舞い、靴を室内履き用のショートブーツに履き替えたら、私は約九日ぶりに調合室へと戻ってきた。入り口には黄色のラナンキュラスが飾ってあり、幾重にも重なった花びらが美しい。

扉の前で浄化魔法を浴び、中へと入るとそこにはすでに五人の調合師と薬師がいた。

「おはようございます」

少し緊張したものの、私は笑顔で挨拶をする。

皆は振り向くと、同じように笑顔で声をかけてくれた。

「おはよう、ゆっくり休めた？」

「はい、ありがとうございました」

たわいもない会話。とても平和な一日のはじまりだ。

皆は私が過労で倒れたと思っていて、心配してくれているのがわかる。

年長者の薬師、ミラー先輩は結婚式にも参列してくれていた人で、あの日のことを笑顔で話してくれた。

「グランジェーク様ったら、あなたの体が心配で式の後すぐに邸《やしき》に戻っちゃったんでしょう？　びっくりしたけれど、すごく愛されているのね。安心だわ」

「ははは……」

これは反応が難しい話題だった。曖昧に笑ってごまかす。

私は自分のスペースに着くと、きれいにまとめられている本日分の調合リストを手にした。これは、いつも事務官のフィオリーが準備してくれているものだ。

「あれ、随分と少ないわね」

休んでいたから、もっと溜《た》まっているものだと思っていた。もしかして……と思い当たることがあったので、私は薬草棚に材料を取りに行く途中でアウレアの席へ寄った。

美しいウェーブの金髪をハーフアップにした背中は、私が来たことに気づいているのに気づかないふりをしているのがわかる。

「おはよう、アウレア。私の分の調合も引き受けてくれたのね、ありがとう」

笑顔でそう告げると、彼女は手元の作業を続けながら横目でちらっと私を見た。

「別に、今のうちに差を広げなきゃって思っただけよ。得点稼ぎに利用させてもらったわ」

素直じゃないなぁ。私はくすっと笑ってもう一度お礼を言った。

「本当にありがとう。迷惑かけてごめんね」

アウレアが返事をすることはなく、ツンとすました態度を貫いていた。でも、よく見るとちょっと嬉しそうに口角が上がっている。

かわいいなぁ、と思った。

じっと見ていると文句を言われそうだったので、私はそっとその場を離れて薬草棚に向かおうとした。

「あ、ねぇ。クラウディオがあなたに用があるみたいだったわよ。さっきも顔を出してたんだけれど、また来るって」

「クラウディオが？」

彼は調合師で、商人に顔が利く伯爵令息だ。私たちと同じ二十三歳だが、半年早くここへ入ってきた。

いつもは隣の部屋で、薬草の選別や決まった魔法薬の精製などを担当している。

「何だっけ、何か忘れているような」

立ち止まって考える。クラウディオから何か頼まれていたような気がするのに、それが何だったか思い出せないのだ。

アウレアは、そんな私を邪魔だと言ってじとりとした目を向けた。

「魔法師団長様と結婚したから、頭が幸せいっぱいで緩んでるんじゃないの？　そこにいられると気が散るから早くどこか行きなさいよ」

「あぁ、ごめん」

私はすぐにその場から離れた。クラウディオは生真面目だから、「また来る」とアウレアに告げたからには本当にまた来るだろう。いったん彼のことは忘れて、今日中に作る魔法薬のことに集中しなくては……。私は足早に席へ戻っていった。

「あの～、そんなに作って大丈夫なんですか？」

お昼過ぎ、調合に集中していた私の背後から、事務官のフィオリーが心配そうに声をかけてきた。

蜂蜜色の濃い茶髪がふわりとしていた私の背後から、かわいらしい彼女は黙々と仕事をするタイプで、おとなしい二十歳の女の子だ。自分から話しかけてくることはほとんどないので、そんな彼女に声をかけられるということは、よほど私の姿が必死に見えたのかもしれない。

「大丈夫……ではないけれど、休んで迷惑をかけたからその分を取り戻さないと」

今日中にやる仕事は、まだまだある。しばらく休んでいたせいで、作業の感覚も少し遅くなっているのでがんばらないと……。

フィオリーは露骨に表情を曇らせ、じっと私を見つめる。

「シュゼットさんはがんばりすぎです。倒れてすぐなんですから、あまり無茶しないでくださいね？」

そういえば、過労で倒れたことになっているんだった。フィオリーが心配するのも当たり前だ。

「本当に大丈夫ですか？」

「うん、心配してくれてありがとう」

私がそう言うと、彼女はまだ少し何か言いたげな目をしながらも離れていった。これは相当心配されている。

確かに、そろそろ休憩を取った方がいいかも。ちょうど精製水がなくなりかけた頃だったこともあり、私は作った分の魔法薬を鑑定ボックスに入れてから食堂へと向かった。

そういえば、今頃グランジェーク様はどうしているのかな。彼も仕事が溜まっているに違いない。

左手首につけている腕輪を見ると、これをつけてくれたときの優しい笑顔を思い出した。

あれほど過保護な人が、私の出勤をよく許してくれたなと思う。

まぁ、昼間から誰かに襲われることも、また薬を飲まされることもないよね？

そんな風に安堵したそのときだった。

「おい」

「？」

突然、背後から声をかけられ、振り返ろうとする。けれど、私がその人の顔を見る前にいきなり肩を掴《つか》まれて、研究室の一室に引き込まれた。

ガチャッと鍵の閉まる音。バランスを崩してたたらを踏むと、その人は切羽詰まった声で言った。

「あの薬、どうなった⁉」

丈の長い白のローブは、両方の袖が少し薄緑色に染まっている。

「クラウディオ、いきなり何なの？」

迷惑そうにそう言った私に対し、彼は顔を顰めて訴えかけた。

「いや、だから、あの薬だって！」

「あの薬？」

一体何のことだろう？　本気でわからない、という私の反応を見て彼は悲愴な顔つきになる。

「嘘《うそ》だろう⁉　覚えてないのかよ」

「ええ……？」

「あれだよ！　俺が、その、頼んだ薬だよ」

私は首を捻《ひね》り、真剣に考えた。薄っすらと記憶の端に何か引っかかっている気がする。悩む私に焦《じ》れた彼は懇願するように言った。

「一緒に薬草の採取に行っただろう⁉　希少な薬草と珍しい苺《いちご》も採れて『すぐに薬づくりに取りかかる』って言ってたじゃないか⁉　忘れてたなら今から作ってくれよ。もう時間が……」

「薬草？　苺？　ねぇ、それって」

もう少しで何か思い出せそう。私はもっとその話を深く聞こうとする。

けれど、言葉の途中でまばゆい光が私の手首から放たれた。

クラウディオも私も、眩《まぶ》しさに思わず顔を背ける。驚く私たちが見たのは、光の中から怒りの形相のグランジェーク様だった。

「シュゼから離れろ」

紫色のローブが舞っている。グランジェーク様は、冷酷な目でクラウディオを見下ろしていた。

私はぎょっと目を瞠《みは》った。

「グランジェーク様⁉　どうしてここへ⁉」

転移魔法が発動した？　腕輪のせいで⁉

クラウディオは、今にも気絶しそうなくらい怯《おび》えて固まっている。この二人に面識があったかは記憶にないけれど、今感じ取れる限りではそんなに接点はないのだろう。

グランジェーク様は私を守るように立ちはだかり、クラウディオを睨みながら答えた。

「シュゼの近くに生命反応が増えた。しかもここはシュゼがいつも行かない部屋だ。危険が迫っていると判断して飛んできた」

「なぜ私がいつも出入りしている部屋を把握しているんですか!?」

私って、記憶喪失になる前からずっと監視されていたの!?

顔を引き攣らせる私に、グランジェーク様はさらりと告げる。

「腕輪《それ》から武器が出てくると教えただろう?」

「はぃ?」

「つまり、危険が迫ったらすぐに魔法師団長《武器》が出てくる」

「過剰防衛すぎません?」

確かにどんな武器よりも強そうですけれど……。

クラウディオは別に私に危害を加えるつもりはなかったわけで、危機察知能力が異常というかおかしいというか、とにかく今は必要ない。

「あぁ、俺が間に合わない場合も対策はしてある。殺気を感知すると、即座に炎の精霊が相手を攻撃するようになっているから大丈夫だ」

「「全然大丈夫じゃない！」」

私とクラウディオの声が重なる。

彼は部屋の壁際まで下がっていて、両手を上げて敵意がないことをアピールしていた。

「すみません、すみません！　ちょっと人に聞かれたくない話があっただけで、別にシュゼットをどうこうしようとしたわけではないんです……！」

グランジェーク様は冷めた目を彼に向けている。

私は彼の腕をぎゅっと掴んで押さえ、攻撃しないように必死だった。

「クラウディオ……びっくりさせてごめん。グランジェーク様は私を心配しているだけで、決して脅しているわけじゃないというか」

「あ、あぁ……」

「それで、さっきの話なんだけれど、倒れてからちょっと、その、記憶があやふやなの」

過労で倒れたという設定を無理やり貫き通し、私は彼からの用事を聞き出そうとする。

グランジェーク様は私に左腕を掴まれたまま、じっと彼を見下ろしていた。

「本当に覚えていないのか……」

よほど言いにくいことらしい。あぁ、グランジェーク様に聞かれたくないのかな。

窺《うかが》うように上目遣いで見てみると、彼はさも当然のように言った。

「俺のことはシュゼの荷物だと思ってくれ」

「無理ですよ！」

グランジェーク様の様子に、クラウディオは困惑している。うん、その気持ちはわかるわ。

私もずっとそんな感じだもの。

「ねぇ、クラウディオ。あなたもしかして私が作っていた魔法薬について知ってる？」

「は？　シュゼットの仕事を俺が知るわけないだろう？」

あれ？　それならなぜ、私はクラウディオの依頼した薬とやらのことまで忘れているんだろう？

私が忘れているのは、自分が作っていた新しい魔法薬のことだけじゃなかったの？

一向に話が進まないので、クラウディオがついにしびれを切らして口を割った。

「俺はシュゼットに、客として薬の調合を依頼したんだ。クラウディオ・ディロンとして、伯爵家からの依頼になっている」

宮廷薬師は、貴族からのオーダーも受け付けている。だから、そういうことならクラウディオから私が指名依頼を受けてもおかしくはない。

彼は恥ずかしそうに視線を下げ、もごもごと歯切れの悪い言い方をする。

「ほら、俺が婚約したの覚えてない？　キャロン嬢と」

「あ！」

ここで私は、はっと思い出した。そういえばクラウディオは、キャロン子爵令嬢のことがずっと好きだったんだ。

二年前に舞踏会で出会ってから、どうにか近づきたいって話していたっけ。だんだんと記憶が鮮明になってくる。

「デートのときに向こうのお兄さんがついてきて、どれくらい本気なのか言わされてちょっと泣いたんだっけ？」

「そこは思い出すな！　俺も忘れた!!」

清楚《せいそ》可憐《かれん》なキャロン嬢に、すごく恐ろしい騎士隊のお兄様がいるって言っていたような。そんなこんなで障害もあったけれど、うまく婚約までたどり着いたって喜んでいたのを思い出した。

「それでだな？　婚約したまではいいが、まぁ、その、そういうことに自信がない俺は、シュゼットに薬を頼んだんだ」

「ああ～～～～」

そうだわ。キャロン嬢との初夜で失敗しないように、とある薬がどうしても欲しいって相談されたんだ。

「亡者の森に材料を採りに行ったのよね、私たち」

「そう！　そうだよ！」

亡者の森。王都からそれほど遠くない、野草や薬草の群生地である。恐ろしい名前だが、亡者の悲鳴や嘆きに聞こえる風の音がするというだけで、特別な危険があるわけではない。

そこにある薬草や苺の種には、男性機能が向上する成分が含まれているのだ。

「あれ？　でも市場で買えないわけじゃないのに。値段は高いけれど」

お金はかかるけれど、伯爵令息なら買えない値段じゃない。亡者の森にまで休日を潰して採取しに行くとか、何だかおかしい。

私が首を傾《かし》げると、クラウディオはため息交じりに言った。

「シュゼットが、薬草のついでに希少な苺《プラムベリー》の果肉を手に入れたいって言ったの忘れたか？　生の果肉は亡者の森にしかないから……って」

「果肉？」

「うん」

それは私の記憶にまったくないことだった。グランジェーク様も、少し眉根を寄せている。

私は苺を食べない。単純に好きじゃないのだ。食堂のパンケーキも苺抜きを頼んでいたくらいで、もうここ十年くらい食べていない。

そんな私が「果肉が欲しい」というなんて、それはどう考えても自分用ではなかった。

「味の調整用に欲しかった……のだろうか？」

グランジェーク様はそう予想する。亡者の森のプラムベリーには、どんな苦みも臭みも消し去る特性がある。みずみずしい生の果肉をすり潰したときにだけ出る、不思議な効果だった。

「私、その果肉をどうするって言ってた？」

一応聞いてみるが、クラウディオは首を横に振った。

「薬師が欲しがるものは、その使い途《みち》なんて聞かないのがマナーだろう？」

守秘義務が絡むといけないから、私たちは普段から会話には注意している。クラウディオは私に苺を欲しがる理由を聞かなかったし、私も言わなかったということだ。

もしかして、私はとんでもなくまずい魔法薬を作ろうとしていたの？　それで、亡者の森にある苺の果肉を使ってその味を和らげようと……？

自分で飲むためなら、私は味を気にしない。でも依頼人のために、味を少しでも改善したいと思っていたとしたら？

「っ！」

ずきんと一瞬だけ鋭い頭痛がした。

私が顔を顰めると、グランジェーク様がすぐに私の背に手を添えて心配そうに見つめる。

「大丈夫か？」

「あ……、はい」

こみかみに手を当て、深呼吸をする。

クラウディオは私の様子を見て、不思議そうに尋ねた。

「頭痛か？」

彼は、私がこうなる理由を知らない。これもまた、「過労のせいで」と言ってどうにかごまかす。

「とにかく、俺はシュゼットに薬を依頼した。その代わり、亡者の森まで馬車を出して一緒に採取に付き合った。交換条件だったんだよ」

「なるほど。ねえ、森っていつ行ったんだっけ？」

「十日前だ。アウレアと俺と三人で行っただろう？」

「アウレアも？」

「あぁ、俺たちが採取に行くっていったら、ずるいって言ってついてきたんだよ。――それすら覚えていないのか？」

「あぁ～、今思い出してきた。そうだった」

あははと笑ってごまかすと、クラウディオはじとりとした目で私を見る。怪しまれている。それはもっともな反応で、これであえて突っ込まないのはクラウディオなりの優しさとか配慮なんだろうと感謝する。

「あなたに依頼された薬は、もう作ってあると思う。多分、保管庫にあるから後で確認して届けるわ」

わざわざ採りに行ったのなら、その翌日には作ってあるはず。

私が忘れたままでも、事務官のフィオリーがほかの依頼分と一緒に保管してくれていると思った。

「助かる」

クラウディオは嬉しそうに言った。よほど薬が欲しかったんだろうな。

私は彼を待たせてしまったことを詫《わ》びた。

「ごめんね。倒れて、しかも結婚式と休暇でこんなに遅くなっちゃって」

「いや、そんなときにこっちこそすまない」

彼もまた、苦笑いで謝ってくれた。

けれどここで、グランジェーク様がクラウディオに尋ねる。

「なぜシュゼにその薬を作らせたんだ？　ほかにも薬師はいるだろう？」

確かに、宮廷薬師は三十人以上いる。あえて私に頼む理由はない。

クラウディオはそう指摘され、「えっ」と顔を顰めた。

「グランジェーク様みたいな人にはわからないですよ……。ずっと勉強ばかりやってきて、男としては何も自信がない俺の気持ちなんて……！」

とにかく真面目なクラウディオは、これまで恋愛なんてしてこなかった。私の中では、おまもり代わりみたいなもので薬を手にしておきたかったのではと思っていた。

「自分で調合しなかったのはなぜだ？」

「え？　規定でそれはできません」

クラウディオの答えに、私も頷いて同調する。

薬師や調合師は、自分や三親等以内の家族の薬は自分で作れない。依頼する場合は、ほかのメンバーに頼むことになっている。自分や家族の薬を調合すれば、情で加減を誤る可能性があるからだ。痛みに苦しむ家族を前にして、痛み止めを多く処方してしまうということが以前あったらしい。

どうしても自分で作りたい場合は、確認作業に自分以外を二人入れることが決まっている。グランジェーク様はさらに質問する。

「同性の薬師に頼もうとは思わなかったのか？」

「いやいや、こんなこと相談したら何て言われるか！　バカにされてからかわれて、一生あれこれ言われます。シュゼットなら、真剣に相談すればバカにしないで手伝ってくれるって信頼してたから依頼したんです」

私って、信頼されてたんだ……。ちょっと嬉しい。

話を聞いたグランジェーク様は、しばらく黙っていた。そして、納得した表情で言った。

「信頼か」

「ええ、そうです」

二人の間に、謎の沈黙が落ちる。

クラウディオの顔が、『審査待ち』みたいな緊張感を漂わせている。

しかし、グランジェーク様のくだした判断は無情だった。

「やはり君にはここで消えてもらった方がよさそうだ」

「なぜですか!?」

いきなり不穏な結論を出すグランジェーク様に、クラウディオが叫んだ。かわいそうに、彼は壁にぴたりとくっついて恐怖に襲われているのがわかる。

「シュゼのよさをそれだけ知っているということだろう？　それが恋愛感情に育たないとは言い切れない」

「はぁ!?　俺はキャロン嬢が好きなんですよ!?　人の話を聞いてくださいよ!?」

これには私も思わず呆れ顔になる。

「グランジェーク様、私たちがどうこうなるっていうのはあり得ません。落ち着いてください」

嫉妬の範囲が広すぎる！　婚約者が大好きなクラウディオまで警戒しないでもらいたい。

「シュゼ、俺は世界中を敵に回しても君を守りたい。むしろ全員敵に回ってくれた方が一気に殲滅《せんめつ》できていいような気がしてきた」

「発想が攻撃的すぎます」

私の平穏はどこへ⁉

記憶を失う前の私、どうやってグランジェーク様と恋人を二年もやっていたのだろうか。何だか別の意味で頭痛がしてきた。これは何としても早く記憶を取り戻さなければ……。

私は一段と決意を固くした。


王都のはずれを、滑るようにして進む魔法馬車。

動力源はグランジェーク様の魔力で、快適かつスピーディーに移動できるのでとても便利だ。

「シュゼ、今日のドリンクはどう変えたんだ？」

青色のローブを纏ったグランジェーク様が、今日も麗しい笑みを向けて尋ねる。

私は持ち運び用のカップに入れた薬草ドリンクを彼に手渡しながら答えた。

「ベースをりんごにすることで、飲みやすくなったと思います。裏ごしもしましたので、舌触りが改善されたかと」

隣に座るグランジェーク様は、私の手からカップを受け取るとストローでそれを飲む。

「うん、常に主張するえぐみが健康になれそうな感じがする」

やはり、えぐみは消えなかったか……。

私も薬草ドリンクを飲み、りんごの甘さと香りの後からやってくるケールと野蒜《のびる》のえぐみに思わず顔を顰める。

それと同時に、向かい側に座る女性たちからも呻《うめ》き声が放たれた。

「うっ、何これまずい！」

「ううっ、苦い……」

アウレアとフィオリーは、揃《そろ》って口元を手で押さえ、目を細めている。

これでも味はマシになった方なんだけれど？　と、私は思った。

ドリンクのカップを私に突き返したアウレアは、鬼の形相で怒る。

「ちょっと！　私のこと殺す気⁉　これはもう毒よ！」

「健康にはよさそうでしょう？　あ、スープもあるのよ」

「お気遣いどうも！　でも私は味にこだわる女なのよ！」

裕福な伯爵令嬢のお口には合わないらしい。

フィオリーはアウレアのように文句は言わなかったけれど、半泣きで震えていたのでよほどまずかったんだろう。申し訳なくなり、彼女の手からそっとドリンクを回収するとあからさまにホッとした顔になっていた。

本当にごめん……。

「アウレアがどうしてもついてくるって言うから、いつもよりたくさんドリンクを作ったのよ？」

今日は、グランジェーク様と一緒に亡者の森へ行くことにしていた。何か思い出すかもしれないと思ったからだ。

それを聞きつけたアウレアが、強引にフィオリーを誘い「一緒に行く」と言ったのは昨日のこと。

「亡者の森に行けるなんてそうないわ。このあいだ初めて行って、やっぱり貴重な薬草がたくさんあって素敵なところだって思ったのよ。第一、あなただけに抜け駆けなんてさせないわ」

「抜け駆け？」

「そうよ。新薬を開発して、来年表彰されるのは私よ！」

アウレアは気合が入っていた。

宮廷薬師の栄誉である国からの表彰を狙っている人は多く、彼女もまたその一人だった。私は表彰されたことはないが、表彰式に代理で出席したことはある。

ある、というか毎年そうしている。ルウェスト薬師長が一度も出ないからだ。

それでも、アウレアは私が表彰式に出ることそのものが羨ましいらしく、表彰式のたびに突き刺さるような視線を向けられた。

「それにしても、ルウェスト薬師長はただの陽気なおじさまなのに、なぜあんなに天才なのかしらね」

ただの陽気なおじさん。皆が薬師長に抱く第一印象はおおむね同じだ。

ふわふわの茶色の髪に日焼けしてかさついた肌。どう見ても偉い人には見えない。そしてよく独り言を呟《つぶや》きながら歩いている。

調合作業に入ると、それしか考えられなくなるのだ。

「グランジェーク様は、ルウェスト薬師長と昔から知り合いなんですよね？」

アウレアが尋ねると、グランジェーク様は少しだけ笑って「あぁ」と返事をした。

「お二人はどんな会話をなさるのですか？」

「仕事の話かな」

「プライベートなことはまったく話さないんですの？」

「そうだな」

「……………えっと」

何だろう、この会話の広がらなさは。アウレアがちょっと困っている。

私には言いたいことをずけずけ言うアウレアも、グランジェーク様にはちょっと遠慮していた。

その後、アウレアからほかの質問は出なかった。それにより、会話は終了する。

そうよ、グランジェーク様ってこういう感じだった。必要以上の会話はしない、今みたいな感じが私の知っているグランジェーク様だ。

私と二人でいると会話は尽きないけれど、どうやらアウレアたちの前では寡黙な魔法師団長様の姿を通すらしい。

何だか懐かしいものを見た気分になった。けれど、その横顔をじっと見つめていると、視線に気づいたグランジェーク様がふいにこちらを向く。

「ん？」

「っ‼」

にこりと微笑《ほほえ》んだその破壊力がすごすぎて、私は息が止まりそうになる。落ち着いた大人の色香が放たれていて、まともに浴びたら意識が遠ざかる危険さえありそうな……。

「何でもありません」

私は慌てて縮こまった。

この後も、グランジェーク様は美しい彫刻みたいな状態で、私たちがおしゃべりをするのをただ黙って聞いていた。

亡者の森の入り口に着くと、鬱蒼《うっそう》と生い茂る木々が不気味に揺れてお出迎えしてくれる。

「シュゼ、足元に気をつけて」

先に降りたグランジェーク様に手を差し伸べられ、私はその手を取って馬車から降りた。続いて、アウレアとフィオリーも降りてくる。

グランジェーク様は、紳士のマナーとして二人にも手を差し伸べた。

アウレアもフィオリーも緊張気味にその手を借り、ぎこちない様子で馬車を降りた。

しばらくすると、アウレアの家の護衛騎士が馬で追ってくるのが見える。それを確認したグランジェーク様は、私を見下ろし「行くか」と声をかけた。

今日の目的は、表向きは薬草の採取ということになっている。記憶を取り戻すために散策を、という本来の目的は秘密だ。

「さぁ、行くわよ！」

「待ってください～」

アウレアが真っ先に森へと入っていく。

フィオリーは、籠を持って森から聞こえる風の音にびくびくしながらついていった。

三人の護衛たちは末っ子お嬢様のこの行動に慣れていて、すぐに彼女の後を追って警戒しながら進んでいく。

「さて、奥にある湖でも目指そうか。途中で何か思い出したら教えてほしい」

「わかりました」

さりげなく手を繋《つな》がれ、一瞬どきりとする。けれど、あああああ……とまるで男性の悲鳴か嘆きのように聞こえる風の音に、すぐに現実に引き戻された。

「幽霊でもいそうですね」

この中を突き進んでいったアウレアが、いや、巻き込まれたフィオリーが心配になってくる。泣いていないだろうか？　もうすでにさっき涙目になっていた彼女の顔が頭をよぎった。

私も二人の後を追った方がいい？　心の中でそんなことを思ったとき、グランジェーク様の声が降ってくる。

「心配ない」

「え？」

見上げると、優しい眼差しが向けられていた。

「シュゼとの時間を守るためだ。君の同僚は俺がしっかり守ろう」

すでに手は打ってあるらしい。

グランジェーク様は、フィオリーの持っていた籠に防御魔法をかけたと話した。

「半日程度しかもたないが、十分だろう」

その言葉に、私は驚いて問いかける。

「ずっと魔力を遠隔で使い続けるってことですよね？　グランジェーク様は大丈夫なんですか？」

私は魔法使いじゃないからそこまで詳しくないけれど、防御魔法は対象から離れれば離れるほど消耗する魔力が多くなるはず。

グランジェーク様がいくらすごい魔法使いでも、さすがにそれはつらいのでは？　と心配になった。

彼は、繋いでいた手をさらにきゅっと力を込めて握り、嬉しそうに目を細める。

「心配してくれているの？」

「当たり前じゃないですか！」

ここにもう一度来たいと言ったのも私で、グランジェーク様はわざわざ時間を取ってついてきてくれたのだ。

彼は私に無理をしないでと言ったけれど、私だって無理させたくない。

「これくらい何てことないよ。それに、普通の魔法使いならともかく、俺は魔力量が多すぎるから毎日たくさん使わないと魔力が濁ってしまう」

魔力の濁り。それは優秀な魔法使いほど発生する現象で、体内に濁った魔力が溜まると心身に異常を来す。特に、魔力持ちの子どもがきちんと保護されずに放置され続けると、体調を崩して不治の病だとされて亡くなることもあるという。

「単純に使えばいいだけなんだから、そんなに気を遣うようなことじゃないけれどね」

「そうなんですね……。私はそんなに魔力がない方なので、できるだけ使わないようにってばかり思って暮らしてきました」

魔法を使うとすぐに魔力が底をつく私と違い、魔法師団長様であるこの人は規格外だった。

「では、大丈夫なうちはお願いしますね？」

そう言って笑いかければ、彼もまた笑みを浮かべた。

「あの二人のことは任せて。だから、シュゼは俺に集中して？」

言葉も笑顔も、とにかく甘い。馬車の中での態度とは大違いだった。

顔を赤くして俯《うつむ》いていると、彼が楽しそうに笑っているのが伝わってくる。

「シュゼといると俺は本当に幸せだ」

「〰〰〰〰！」

やっぱりアウレアたちと一緒に行けばよかったと、少しだけ後悔した。


亡者の森は、昼間でも薄暗い。

魔法を使って明るい光の球体をそこら中に浮かべるグランジェーク様ならランプいらずだけれど、普通の人は灯《あか》りがなくては数メートル先が不安になるほどだろう。

ところが一転、湖の周辺にくると木々がなくなっていて、太陽の光が降り注いでいる。

白い砂は水分を多く含んでいて、その上をぴょこぴょことカエルや水鳥が歩いていた。

湖面はきらきらと光が反射し、透明度が高い。覗《のぞ》いてみると、泳いでいる小魚や水草が見えた。

「きれい」

大きく息を吸い込むと、緑の木々の匂いや花の香りがする。倒れてからずっと緊張しっぱなしで、こんな風にリラックスできるのはすごく久しぶりなように思えた。

「シュゼ、あそこ」

グランジェーク様が指さしたところには、貴重な白い花が咲いていた。採るとすぐに煙みたいになって消えてしまう不思議な花で、その一生のうちのほとんどは蕾《つぼみ》の状態でこんな風に咲いているのは珍しい。

「わぁ、初めて見ました！　千年花、でしたっけ？」

ある学者が千年待ってでも咲いているところを見たいと言った幻の花。

見ているだけで幸せな気分になり、私は自然に笑顔になる。

「千年待たずに見られましたね」

そんな冗談を言うと、グランジェーク様はホッと安堵したように微笑む。

「シュゼがやっと君らしく笑ってくれた」

優しい声音でそんなことを言われ、どきりとした。

グランジェーク様は、私のすることを一つも見逃さないように観察していて、しかもそれに一喜一憂しているみたい。

「シュゼが嬉しいなら、俺も嬉しい」

表情も仕草も、言葉も、彼のすべてから私への想いが伝わってくる。まだ受け止めきれない私は、狼狽《うろた》えて目を逸《そ》らしてしまった。

私は一体どんな顔で、グランジェーク様のことを見ればいいのだろう？　何て返事をすればいいんだろう？

付き合っていた記憶がないのに結婚してしまい、私の中ではいっきに距離が近くなった感じがしてついていけないのだ。

あの日、目覚めたときにグランジェーク様を見たときから、ずっと心の中がざわざわしっぱなしだ。

頬に手を当て、どうにか熱を冷まそうとがんばってみる。

「…………」

「……何です？」

手が届く距離から、じぃっと観察されると気になる。そんなに見られること前提で私は生きていないのだ。

「うん、ちょっとね。そういえば、記憶を失う前のシュゼは、どうして俺を好きになってくれたんだろうなと思って」

「え？」

私は、きょとんとした顔でグランジェーク様を見る。記憶がない私は、当然その答えを持ち合わせていない。

見つめ合っていると、彼は少しだけ眉尻を下げて言った。

「ごめんね。本当の俺は、シュゼの好きな『大人でかっこいい男』じゃなくて」

「私が好きな？」

大人でかっこいい人が好き、私はそんな好みだったっけ？

もしかしてそれも忘れているの？

でも、もしも過去の私がそう言ったのならそれはきっとグランジェーク様のような人が好きだという意味なんじゃないかと思った。

「お姉さん！」

森の中から声がして、私はそちらを振り向く。

そこには、籠を持った少年が笑顔でこちらに手を振っているのが見えた。

「え、私？」

少年は、どう見ても私に向かって笑いかけてくれている。

「知り合い？」

グランジェーク様に尋ねられ、私は困り顔で首を横に振る。私に少年の知り合いなんていないはず。

そう思っているうちにその子はタタタッとこちらに向かって走ってきた。

「よかった！　また会えた！」

また？　どうやらこの子は私のことを知っているらしい。

白いシャツに紺色のベスト、黒のひざ丈ズボンという姿からして裕福な家の子どもだろう。供の人間がいないところを見ると、高位貴族の子ではない。けれど、その身なりの良さから貴族令息であることはわかる。

「こんにちは」

記憶がないなりにも、私は少し笑みを浮かべて少年に挨拶をする。

人懐っこい笑顔の少年は、グランジェーク様と私に向かって籠の中を見せてくれた。

「見てください！　今度は自分で見つけられました！」

そこには、大きめの苺とその葉や茎が入っていた。これは、クラウディオたちと一緒に来たときに私が採取したのと同じプラムベリーだ。

「このあいだはありがとうございました！　苺のおかげで、弟がちゃんと薬を飲んでくれたんです！」

嬉しそうに報告する少年に、グランジェーク様が尋ねる。

「このあいだも、この森で？」

「はい！　苺を探しに来たけれど見つからなくて、それで困っていたらお姉さんがくれたんです」

じっと少年を見ていると、何となく思い出してきた。

おぼろげに浮かんでくる少年の姿に、私は「あぁ」と思わず漏らす。

「あのときは青い帽子を被《かぶ》っていたよね？」

「はい！」

そうだ。確かに私はこの子に会った。

オクト・ハーディ、それが少年の名前だ。十二歳の男の子で、「弟が病気なのに、薬を飲みたがらない」って言っていた。「どんな味でも甘くしてしまう苺を採りにきたんだ」って。

その話を聞いたアウレアがツンとすました顔で「苺くらいあげるから泣くんじゃないわよ！」って言って、でも彼女はまだ見つけられていなくて。

それで、私が見つけた中から二つをあげたんだった。

「確か、オクトくんだったよね？　この近くに住んでいるの？」

私は中腰になり、少年と目が合うようにかがみながら尋ねる。

「森のすぐそばに、別荘があるんです。今は、母さんと弟と使用人とそこで暮らしています」

弟想いの優しいお兄ちゃんだな。私は微笑ましく見つめた。

ここでグランジェーク様が口を開く。

「弟が薬を……というのは、弟は病気なのか？」

いきなり突っ込んだことを聞いた！　気にはなっていたけれど、デリケートな話だと思って聞かなかったのに、グランジェーク様がものすごくあっさりと尋ねたのでびっくりした。

「ジャレンは療養が足りないんだって父さんは言っていました。突然叫んだり泣いたり、物が飛んできたりするから危なくて、でも別荘でゆっくりしていれば治るだろうって」

「療養？」

それは病気なんだろうか。聞く限りでは、癇癪《かんしゃく》持ちという印象になるけれど……？

グランジェーク様は、私とはまた違った違和感を覚えたようだった。

「弟はいくつだ？」

「六つです」

「叫んだり泣いたりするのはいつ？」

「夜中です。夜寝た後に、突然起きて暴れるんです」

それは家族も大変だろうな。本人も疲れが溜まってつらいだろう。

「睡眠時歩行症とか夜驚症とか……？　眠りの深度の変化に体がついていっていないのかしら？」

私が首を傾げてそう言うと、少年は悲しげに言う。

「母さんはジャレンに霊が取りついてるんじゃないかって、ずっと怖がっていて……。カーテンとか外れちゃって、物も飛んでくるから危なくて」

その言葉に、グランジェーク様が顔を顰めた。

「物が飛んでくるのは、弟が手で物を投げてるんじゃないのか？」

「投げません！　勝手にぶわって飛んでくるんです」

私とグランジェーク様は、顔を見合わせる。

「無意識に魔法を使ってる……？」

「その可能性があるな」

幽霊が憑《と》りついているというケースもないわけではないが、子どもの魔力が暴発している方が可能性としては高い。

「六歳なら、すでに魔力判定を受けているはずですよね？」

一般的に、貴族の子は三歳で魔力判定を受ける。その際に、才能の有無はわかるはずだ。

グランジェーク様は腕組みをして、思案しながら言った。

「判定後にそれが覆ることはある。十歳までは魔力が不安定だから。だが、無意識に物が飛ばせるほどの魔力に目覚めるのは珍しい」

「グランジェーク様は、オクトくんの弟が魔力持ちだと思いますか？」

「可能性は高いだろうな。だが、魔力持ちが見つかったら即座に報告が上がるはずなんだが、今のところ魔力判定以外でそういう子どもが見つかったという報告はない」

魔力持ちの保護は、魔法師団の仕事である。早いうちから、魔法の基礎や力の制御方法を学ぶことは本人の命にかかわる大事なことだからだ。

「一度本人を見てみなければわからないな。行ってみるか」

手遅れになる前に、とグランジェーク様はすぐに少年の住む別荘へ行くことを決める。

「シュゼ、デートはここまでで終わりになる。すまない」

え？　今日はデートだったんですか？

私は一拍置いて、疑問を飲み込んで返事をした。

「大丈夫です。心配ですから、私も一緒に行きます」

グランジェーク様は少年の肩にポンと手を置いて言った。

「別荘に案内してくれ。弟を助ける方法があるかもしれない」

「本当ですか!?　すぐに案内します！」

ぱぁっと目を輝かせるオクトくんは、期待に満ちた声で勢いよく返事をした。


「なぜ私たちまで行かなきゃいけないの？　せっかく採取がいいところだったのに」

オクトくんの住む別荘まで向かう最中、アウレアが不満げにそう漏らす。

フィオリーは花や薬草の入った籠を膝に乗せ、おろおろした様子で彼女に気を遣っていた。

「ごめんなさい」

怯えた顔でそう言ったオクトくんを見て、アウレアはくわっと目を見開いて告げる。

「子どもが遠慮なんてするんじゃないわよ。人助けなら広い意味では薬師の仕事よ！」

「え、でも邪魔してしまって……」

「予定外のことくらいあるわよ、生きてるんだから！」

「は、はい」

今日もアウレアはアウレアだった。

オクトくんは「この人は一体何を言っているのだろう？」と、彼女のちぐはぐな発言についていけてない。

「ほら、子どもは飴《あめ》でも食べなさい」

アウレアは、黄金色《こがね》の丸い飴が入った袋をオクトくんに渡す。

彼女は私たちにも飴を配った。きれいにラッピングされた袋に「わざわざ準備して持ってきたけど渡すタイミングがなかったんだな」と気づかされる。

「ありがとう、アウレア」

「お礼なんていらないわ、これくらいで」

オクトくんが戸惑っていたので、私は彼に「アウレアお姉さんは怒っていないのよ」と説明した。

「アウレアは護衛と一緒に帰ることもできたのに、心配してついてきてくれたのよね。自分にも手伝えることがあるかもしれない、って」

「…………」

素直じゃないアウレアは、否定も肯定もしなかった。

ここでフィオリーが、恐る恐る質問する。

「あの、私は魔力がないので足手纏いかと思うのですが、一緒に来てもよかったんでしょうか……？」

所在なさげにする彼女に対し、私は「ごめんね」と告げる。

「危なそうだったら、馬車の中にいてくれていいから！　自分の安全を第一にして」

「ありがとうございます」

繊細で心配性なフィオリーは、ホッとした様子だった。

「この辺り？」

そのとき、アウレアが窓の外を見て言った。私もつられて窓の外に目をやる。

貴族の別荘が立ち並ぶこの場所は、オフシーズンの今、住んでいる人は少ない。ひっそりとしていて、ときおり別荘の管理人やロボットメイドたちが歩いているのが見えるくらいで、バカンスにやってきた貴族らしき人の姿はなかった。

「あれです！」

オクトくんが、赤レンガの大きな邸を指さす。その立派な別荘はとても立派で、ハーディ家は男爵家の中ではかなりな資産家なようだ。

それなのに、オクトくんに従者が一人もいないのはやはりおかしい。

もしかして、弟の様子がおかしいから別荘に母子共々追いやられた？

親が子を無条件に愛するわけじゃないというのは身をもって知っているから、その可能性を考えるとオクトくんたちが置かれている状況に胸が痛む。

魔法馬車が到着して扉が開くと、オクトくんは勢いよく飛び降りた。

グランジェーク様も私も、そのあとを追ってすぐに馬車を降りる。

「寒いっ！」

頬を刺す冷たい空気は、太陽の光が降り注ぐ空の様子とあまりに違和感がある。

「雪……？」

はらはらと舞う粉雪に、私は眉根を寄せた。雲もないのに、どこから舞っているんだろう？

「シュゼ、これを」

グランジェーク様は自分のローブを脱ぎ、すぐさまそれを私の肩にかけてくれる。

驚いて返そうと思ったが、大きな手で制されてそれはできなかった。

私は彼のローブを着て、ぶかぶかの袖を少しまくる。

「邸が凍っている」

彼の視線の先には、季節にそぐわない氷柱《つらら》をぶら下げた扉があった。

まるで極寒の地に来たようだ。

開け放たれた扉はその状態で凍り付いていて、ランプもエンブレムもそこら中の物がすべて凍っていた。邸に近い場所ほど氷や雪に覆われているので、どうやら中に原因があるらしい。

「私、氷柱なんて初めて見たわ」

馬車から降りてきたアウレアがそう呟く。

フィオリーも邸を見て、呆気《あっけ》に取られていた。

この国では、氷柱ができるほど寒い場所に領地を持っている貴族は数えるほどだろう。彼女たちが珍しそうにそれを眺めるのは普通の反応だった。

オクトくんは、庭先で呆然《ぼうぜん》と邸を見つめていた執事らしき男性に駆け寄る。

「スヴェト！」

「あぁ、おぼっちゃま」

「母さんは⁉　ジャレンは⁉」

「それが、まだ中に……」

白髪を上品に整えたスヴェトさんは、悲痛な面持ちでそう話す。

彼はグランジェーク様を見ると、縋るようにして言った。

「どうかお助けください！　悪霊が、悪霊が幼いジャレン様に！」

邸を凍らせる悪霊など、聞いたことがない。これはどう見ても、ジャレンくんの魔力が暴走しているために起こった現象だ。

グランジェーク様は、冷静に事実を告げる。

「これは悪霊の仕業なんかじゃない。魔力持ちの暴走だ」

「そんな！」

スヴェトさんは、愕然《がくぜん》とする。けれど、その反応は幼いジャレンくんを心配しているというよりは、何かもっと別の絶望に打ちひしがれているように見えた。

私はそこに違和感を抱く。

何だろう、何かおかしい。

スヴェトさんを観察していると、その襟元にあるブローチに目が留まった。琥珀《こはく》色の宝石と銀を使ったそれには、ヤギのツノをモチーフにした印が刻まれている。

「サリュ教？」

一部熱狂的な信者がいることで有名な組織の紋章だ。

自然を愛し自然と共に生きると説く賢者が率いているという噂で、彼らは魔法を『自然に逆らうもの』として嫌っている。

グランジェーク様もブローチに気づき、ここで何があったかを察したみたいだった。

「子どもが魔力持ちだと認めたくなくて、ここに閉じ込めたのか」

侮蔑をはらんだ声音に、スヴェトさんがびくりと肩を揺らす。

周囲の空気が張り詰め、グランジェーク様の怒りの大きさが伝わってくる。

「母さん！　ジャレン！」

オクトくんが手にしていた籠が地面に転がる。開け放たれたまま凍っていた扉から、彼は邸の中へと入っていった。

「オクトくん！」

私は慌てて後を追う。

邸の玄関は、壁や窓、照明器具に至るまですべてが白い氷の膜が張っていて、外よりもさらに空気が冷たい。瞬《まばた》きをすると、目が痛いくらいだった。

そこら中に、凍り付いた絵や壺《つぼ》、砕け散ったガラスが散乱している。邸の惨状に驚いて足を止める私とは違い、オクトくんは何度も転びそうになりながら走っていっているのが見えた。

玄関ホールにメイドが三人倒れていて、駆け込んできたアウレアが護衛たちに指示をする。

「この人たちを外へ運んで！」

「はい！」

ほかに人影は見えない。そもそもこの別荘にはそれほど多くの人間はいないみたいだった。

すぐに外へ運ばれたメイドたちは、フィオリーとアウレアによって介抱される。

「シュゼ、ここは任せて」

「グランジェーク様」

私の隣に寄り添うようにして立った彼は、廊下に向かって右手を翳《かざ》す。

その手からゆらりと魔力の光が湧きあがったと思ったら、一瞬にして辺りの氷が消えてなくなっていった。

「すごい」

「やはり普通の氷じゃないな。俺の魔力で包み込むだけで上書きできた」

「上書き?」

「普通の氷は、魔力で包み込んでも溶けない。魔力には温度がないからだ。だがこの氷は、俺の魔力に触れると消滅した。やはり、ジャレンという少年が精神崩壊《ブレイク》状態になったことで邸が凍ったんだろう」

精神崩壊状態になったジャレンくんは、邸全体を凍らせるほどの魔力を放出している。

心身共に弱っているはずで、まだ幼い少年がいつまで耐えられるだろうか?

「急がなきゃ……!」

このままでは本人も、お母さんやオクトくんだって命が危ない。

「シュゼは俺から離れないで」

グランジェーク様はそう言うと、オクトくんの後に続いて奥へと進んでいく。

私は彼の広い背中を追って走っていった。

幸いにも別荘はさほど広くなく、私たちはすぐに氷の発生源となっている部屋を見つけられた。

一階の最奥にある部屋は、外れた扉が氷漬けの状態で廊下に転がっている。

その隣で、薄緑色のワンピースを着た金髪の女性が床に突っ伏して気絶していた。この女性が、オクトくんやジャレンくんのお母さんで間違いないだろう。

彼女の傍らで声をかけ続けるオクトくんは、涙を浮かべながら叫んでいた。

部屋の中からは風の鳴る音がひっきりなしに聞こえてきて、柱や壁が軋《きし》む音がする。廊下の氷や雪はグランジェーク様の魔力でなくなったけれど、この部屋の中だけは依然として酷《ひど》い状態だった。

私はオクトくんに駆け寄り、その隣で膝をついて彼の細い肩を抱いた。

「落ち着いて、私に診せて」

倒れている女性の様子を確認すると、気を失っているが問題なく呼吸をしている。

「生きてる……！　命に別状はなさそうね」

顔や手がくすんでいるのは凍傷や裂傷のせいで、あちこちから少し血が出ているものの命に別状はないと思われた。となれば、ジャレンくんの精神崩壊状態を抑えるのが先だ。

「原因はそこか」

グランジェーク様は、部屋の中の吹雪を見てそう言った。

吹き荒れる真っ白な風のせいで、中心で何が起きているのかよく見えない。

「ジャレンは、中に？」

オクトくんが弟を案じて尋ねる。生きているのか、それすら心配になる状況に思えたが、グランジェーク様は冷静に告げた。

「まだ生きている。冷気が出ているのがその証拠だ」

彼はそう言い終わるのと同時に、右手を部屋の中に向かって翳す。すると、彼の手から無数の光の粒が放たれ、ものの数秒で暴風が静まった。

「はぁ……はぁ……」

赤い瞳をした金髪の男の子が、中央で荒い息をして立っている。

白いシャツにダークブラウンのズボンを穿《は》いた、とても細い少年だ。目の下にはクマが目立ち、苦しげに顔を歪《ゆが》めている。

部屋の端には、ベッドやチェストだったと思《おぼ》しき木片の残骸が散らばっていて、壁には歪んだランプが突き刺さり、細かいガラス片がびっしりと刺さった上から氷の膜が張っていた。

「ジャレン!」

オクトくんが叫び、急いで駆け寄ろうとする。けれど、グランジェーク様が腕でそれを遮り、近づくなと無言で制した。

「嫌だ、来ないで!」

ジャレンくんは泣きながら叫ぶ。

見知らぬ大人がやってきて怯えているのかも……。

今、彼の目にはもう兄であるオクトくんのことは映っていないらしい。とにかく混乱しているように見えた。

「嫌だ……! 嫌だ……!」

六歳とは思えない小さな少年。頬はこけ、目は落ちくぼんでいて、いかにこれまで苦しんできたかが見て取れる。立っているのもやっとなはずなのに、唇をぎゅっと噛《か》み締めた彼はグランジェーク様を睨んだ。

グランジェーク様は、その場に立ち止まったままゆっくりとした口調で話しかける。

「ジャレン、君を保護したい。俺たちは君を傷つけないと約束する」

「………」

「食事も寝床も用意する。だから安心してほしい」

二人はじっと互いを見つめ合い、そのまましばらく時間が経過した。

ジャレンくんは、グランジェーク様に対してまだ警戒している。その険しい雰囲気は続いていた。

早く安心させて、休ませてあげなきゃ……！

そう思った私はゆっくりと床に両手をつき、ジャレンくんよりも少しだけ低い目線になってから彼にそろそろと近づいていく。

威圧感を与えないよう、できる限り穏やかに語りかけた。

「こんにちは。私はシュゼットというの」

「………シュゼット？」

「うん。君のお兄さんのお友だちなの」

なるべく刺激しないよう、笑顔で話しかけながら近づいていく。

ジャレンくんは身を強張《こわば》らせたまま私を見つめていたが、暴れたり逃げたりしようとはしなかった。

「痛いところは？　ケガはしていない？」

彼の体を目で確認しながら尋ねると、ジャレンくんはふるふると首を横に振った。

「そう、よかった」

ひやりとした空気に、漂う緊張感。私はジャレンくんの正面にやってくると、落ち着かせるように笑ってみせた。

「ねぇ、飴を食べてみない?」

スカートのポケットから、飴の入った袋を取り出す。これは、馬車の中でアウレアがくれたものだ。

私が飴の袋を見せると、ジャレンくんは恐る恐るそれに視線を落とす。

もらってもいいのだろうか、という迷いが見えた。

私はそっと彼の手に触れ、飴の袋を握らせる。その小さく細い手は冷たく、触れた瞬間にとても痛ましかった。

「もう大丈夫。世界で一番の魔法使いが、あなたを助けてくれるわ」

冷たい手を両手できゅっと包み込んでも、ジャレンくんは抵抗しなかった。

さっきまでの悲哀はなくなり、ぼんやりとしているように見える。少しずつ瞳の赤い色が引いてきて、感情が落ち着き始めたことがわかる。

私は彼の手をそっとさすり、温めようとした。

「よくがんばったね。疲れたでしょう?」

こんなところに閉じ込められて、やせ細って、つらい目に遭った。考えるほどに涙が出そうで、それをどうにか堪《こら》えて笑みを浮かべる。

「……の?」

ジャレンくんの少しカサついた唇が震えている。

「これ、食べていいの?」

その遠慮がちな問いかけに、私は満面の笑みで答えた。

「いいよ。全部食べたっていい」

飴があってよかった……！　アウレアに感謝しないと。

私はドキドキしながら、ジャレンくんの小さな指が紐《ひも》にかかるのを見守る。

ところがこのタイミングで、倒れていた母親が目を覚ました。

「ううっ……」

「母さん⁉」

オクトくんの声が、静かな空間に響く。

私たちは、揃ってそちらに目を向ける。

意識を取り戻した母親は、息子の呼びかけには答えずその指をさまよわせた。

「私が、私が、片づけなきゃ」

うなされるように険しい顔をして、母親は何かをしようとしている。手を伸ばしたその先には、ボロボロになった壁に短剣が突き刺さっていた。

私ははっと息を呑む。

「まさか」

この人は、我が子を手にかけようとした？　それでジャレンくんは絶望して……。

「シュゼ！」

グランジェーク様の声がする。

目が合った瞬間、彼がすでにこちらに向けて一歩踏み出しているのが見えた。

「あ……」

彼が右手を翳したのと、私がジャレンくんを見るのと、どちらが早かっただろう。

このままじゃいけない。ジャレンくんに母親の姿を見せてはいけない。そう思ったところで何もかも手遅れだった。

「わぁぁぁぁぁぁー!」

「――っ‼」

やけにゆっくりと落下するように見えた、かわいらしい飴の袋。

ジャレンくんは再び興奮状態に陥り、大粒の涙を零《こぼ》して悲鳴に似た叫び声を上げる。

逃げなきゃ。

本能でそう感じるも一瞬にして巨大な魔力の風が巻き起こり、私は吹き飛ばされそうになる。

まばゆい光と激しい風にぎゅっと目を瞑《つぶ》った。

防御らしい防御はできず、冷たい床に蹲《うずくま》るだけ。でも何の痛みも衝撃もやってこない。

天井からパラパラと小さな破片が降ってきて、何かに当たる音がしていた。

「ん……?」

目を開けると、私の周囲には半円状の光の防御膜が張られているのが見える。

これに当たった破片が床に落ち、次々と高い音を上げていた。

「ジャレンくん……?」

奥にあった壁がなくなってしまっている。魔力で吹き飛ばされたそこから差し込む陽の光の眩しさに、私は思わず目を細めた。

「シュゼ、大丈夫か?」

「グランジェーク様」

私のすぐそばに立っていたグランジェーク様が、腕にぐったりとしたジャレンくんを抱いていた。

私を守ってくれたのは、グランジェーク様の魔法だった。

はっと気づいて振り返れば、オクトくんと母親にも防御魔法がかけられていて無事だった。

あの一瞬のうちに、グランジェーク様はここにいる全員を守ってくれていた。

「この子は無事だ。すぐにマルリカのところへ連れて行く」

私を安心させるよう笑みを見せたグランジェーク様は、穏やかな声でそう言った。

ジャレンくんは魔力を使い果たし、気を失っているだけみたい。

この子が無事でよかった……。私はホッと胸を撫《な》でおろす。

「さすがに転移魔法は無理ですね」

ジャレンくんには、もう体力は残っていないだろう。こんなに細くて小さくてしかも精神崩壊状態に陥ったのだから、とても転移魔法の負荷に耐えられそうにない。

グランジェーク様は頷き、ジャレンくんを肩に抱え直すと私に左手を差し伸べた。

「馬車で向かおう。立てるか？」

「はい」

私は彼の手を借りて立ち上がる。そして、放心状態のオクトくんに駆け寄ると、私もまたグランジェーク様がそうしてくれたように手を差し伸べた。

「立てる？」

オクトくんは愕然としつつも私の手をかろうじて握り、震える足腰でその場に立つ。

「行こう」

グランジェーク様は壁がなくなってしまったところから庭に出て、馬車の停めてある正面玄関へと向かった。

私たちの姿を見つけたアウレアが、護衛を振り切って走ってくるのが見えた。


城内にある魔法師団の棟に着くと、グランジェーク様は眠った状態のジャレンくんを部下の魔法使いたちに預け、彼らはすぐに医局へと向かった。

ジャレンくんは、とても小さくてか細くて、透き通るような白い肌が儚《はかな》げでとても哀れに見えた。

「六歳なんですか？　あんなに小さいのに」

グランジェーク様の秘書官であるリンクスさんは、ジャレンくんを見て痛ましいと顔を顰める。

ふわっとした黒髪に青い瞳が妖艶な彼は、見た目に反して毒舌だと有名だ。

「一体どんなスカスカの脳みそしてたら、あんな少年を傷つけられるんですか？　親には同じ目に遭って野垂れ死んでほしいですね」

怒りをあらわにするリンクスさんに対し、グランジェーク様は執事として働いていたスヴェトさんから聞いた話を簡潔に伝える。

「サリュ教信者の子どもだ。三歳のときに一度鑑定を受けて、魔力がないと判定されている。だが、一年ほど前から素養が出てきていたらしい」

「その時点で届け出てくれれば……。酷い話ですね」

「認めたくなかったんだろう。自分が魔力持ちを産んだことが」

サリュ教信者の両親は、自分たちの子どもが魔力持ちだなんて信じたくない、という動機からジャレンくんを別荘に隠した。彼らからすれば、魔法使いはこの世の理《ことわり》に反する存在だから、悪霊が憑りついていると思いたかったのかもしれない。

「ついには、すべてをなかったことにしようとした母親があの子を殺そうとした。それで精神崩壊状態になったという顛末《てんまつ》だ」

「なんとおぞましい」

母親を連行したアウレアの護衛騎士によれば、母親はしきりに「破門される」と怯えていたらしい。我が子の命より、サリュ教を破門される方が恐ろしいだなんてどうかしている。

連行されてきた婦人に対し、グランジェーク様は言った。

「サリュ教のおまえたちは俺たち魔法使いを『自然に反する存在だ』と言うが、体裁のために我が子を手にかけようとするおまえほど自然に反している者はいない」

集まっていた魔法使いたちは、母親に軽蔑の眼差しを向けていた。けれど、それが母親に本当の意味で伝わることはなく、彼女はいつまでも破門されることだけを恐れて泣きわめいていた。

「母さん」

騎士に連行されていく母親を見て、オクトくんは呆然と立ち尽くしていた。

弟のこと、母親のこと、突然にすべてが変わってしまった現状を受け止めきれないのかもしれない。

「父親もこれから捕縛に向かわせます。この子は私が面倒を見ましょう」

リンクスさんがそう言い、にこりと優しい笑みを向ける。

魔法師団の見習いが住む寮があるので、そこでしばらく預かって様子を見るという。

「兄弟ならば、同じく魔法の素質があるかもしれません。弟よりは魔力が少なく、気づかれていないだけの可能性もありますから」

　可能性は少ないですけれど、とリンクスさんは補足し、そしてオクトくんの手を取って城内へと向かった。

　去り際に、オクトくんは振り返って私たちを見る。

「あの……、ありがとうございました」

　私は、彼にかすかな笑みを向けて手を振る。

　オクトくんはこれからどうなるんだろう？　身分的には男爵令息だから、魔力がなかったとしてもジャレンくんの兄ということで、魔法師団で文官や従者見習いの職にはつけるかもしれない。

　数日したら、様子を見に行ってみよう。

　ジャレンくんには、私は『お兄ちゃんの友だち』って言ったしね。できれば、彼らの成長を見守りたい。ただ、今はゆっくり心と体を休めてもらいたい。

「シュゼ、俺はジャレンの様子を見てから邸に戻る」

「はい」

　グランジェーク様の優しい声に、私は思わず問いかける。

「あの子はこれから大丈夫でしょうか？」

　悪霊憑《つ》きだと別荘に監禁され、母に殺されかけた少年。今思い出せば、あの部屋には精神安定剤の一種である苦い薬の入った瓶が転がっていた。

　あれは心身ともに疲弊した大人に処方される薬であって、子どもに、しかも魔力持ちだからと処方されるものではない。あんなものを飲めば、昼間はぼうっとしてしまって頭が働かず、夜になると不安が押し寄せるだろう。

あの枝のような手足を見る限り、体の方もボロボロだった。もうとっくに、極限を超えていたに違いない。

グランジェーク様は私の気持ちを察し、そっと肩に手を置いて慰めてくれた。

「子どもには可能性がある。だから心配しすぎない方がいい。それに、ジャレンの皮膚はまったく凍っていないし傷ついてもいなかった。まだ魔力器官が壊れていないことを証明している」

グランジェーク様によれば、魔力持ちの暴走はあれでもまだ軽い方らしい。

己の魔力に己の体が傷つけられたら、それこそ魔力の源である魔力器官が壊れている状態で、命も魔法使いとしての才能も危うくなると。

「マルリカの専門は魔力器官だから、ジャレンのあの様子ならそれほど大きな心配はない。今後適切な治療と教育を受ければ、氷魔法が得意な魔法使いになれるだろう」

その言葉に、私は少し安堵した。

どうか、これから先はジャレンくんやオクトくんにとって幸せな未来であってほしい。両親に恵まれなかったけれど、彼らはまだ間に合った。

今後のあの子たちに必要なのは、人の優しさやぬくもりだと思う。きっとそれが何よりの薬になる。

魔法師団の人たちなら、二人を仲間として迎えてくれるはず……。

「いつか心から安心して笑える日が来てほしいです。二人をよろしくお願いします」

私はグランジェーク様に頭を下げる。

「わかった。今夜は遅くなる、シュゼは先に休んでくれ」

彼は私の頭をそっと撫でると、柔らかに微笑んだ。その笑顔を見ていると、何も心配はいらないのだと信じられる。

ジャレンくんのことは部下に任せっきりにすることもできるし、むしろ団長としてはそれが当然のはずなのに、自分で様子を見に行くような温かい人。「人は裏切る」とか人間不信気味なことを言いつつも、子どもを気にかける優しさも残っている。

以前の私は、グランジェーク様のそういうところも好きになったのかもしれない。

「あの、言いそびれていたんですが、ありがとうございました。守ってくれて」

グランジェーク様が守ってくれなかったら、私もオクトくんも吹き飛ばされて大ケガを負っていただろう。

「シュゼが無事でよかった」

彼はそう言うと、私をそっとその腕で包む。大事なものを抱え込むみたいにされて、心臓がどきりと大きく跳ねた。

「では、行ってくる」

彼はいつものように穏やかな笑顔で去っていった。離れることが妙に寂しく感じてしまう。いけない。何となくこれはまずいと思う。

私ったら記憶喪失になったくせに、早くもグランジェーク様にどっぷり依存しているのでは？

頬に手の甲で触れると、少しだけ熱い。ドキドキと鳴る心音に対し、お願いだから静まってと心の中で思う。

「本当に理想の男性よね。グランジェーク様って」

「アウレア!?」

驚いて振り返ると、呆れ顔でこちらを見るアウレアがいた。

フィオリーもその隣で、薬草の入った籠を抱きかかえながら立っている。

「まったく、休みの日に精神崩壊状態の子どもに遭遇するなんてどんな確率なのよ」

アウレアの言う通り、めったに出会わないだろうな。私が困り顔で黙っていると、彼女はグランジェーク様の背中に目を向けながら言った。

「グランジェーク様みたいに完璧な人は、精神崩壊なんてしないんでしょうね」

「そうね。魔法師団長様だもの」

とはいえ、アウレアの言う『完璧な人』という部分には引っかかるものがあった。

グランジェーク様が精神崩壊状態になるのは想像できないけれど、私が記憶を失って以降、彼は挙動不審だったり情緒不安定だったり、今にも飛び降りそうな悲痛な顔をしたりと『完璧な人』というイメージからは離れている。

遠くからただ眺めていたときのグランジェーク様より、人間らしさというか彼の人となりが知れた気がして、それはちょっと嬉しいような気もした。

「でも、グランジェーク様だって意外に普通の人っぽいところもあるわよ」

何気なくそう呟くと、アウレアがじとりとした目で私を見た。

「は？　私は普段の彼を知っていますっていうアピール？」

「え？　いや、そんなんじゃなくて」

「どうでもいいわよ、あなたたちのことなんて。私にだって素敵な婚約者がいるんだから！」

ふんっと顔を背けたアウレアは、もう話を終えたという風に歩き出す。どうやら、これから調合室へと向かうらしい。

フィオリーはおろおろしていたけれど、籠を持ってアウレアについていく。

「シュゼットさん、えっと、また明日！」

「うん、また明日。今日はありがとう！」

一人になった私は、ぶかぶかのローブをまだ羽織っていたことに気づいてそれを脱ぐ。丁寧にたたんだローブを改めて眺めると、ついていたブローチが一部欠けていることに気づいた。

「あれ……？」

これって、いつ欠けたんだろう？

破損部分を見ると、傷ついてからしばらく経っているように見えた。

「直さなくていいのかな？」

気にはなったけれど、グランジェーク様の物を勝手に修繕に出すわけにはいかない。これ以上破損が広がらないよう、ローブを大切に腕に抱いて邸まで持って帰った。

◆◆◆

魔法師団で治療を受けたジャレンは、診察したマルリカから「少なくともひと月はここで療養」だと告げられた。

すやすやと眠る少年は、魔力暴発などなかったかのように落ち着いている。

防御魔法が施された部屋で、ベッドのそばに付き添って食事をする兄。彼もまた、ジャレンが回復するまではここで生活することになった。

子ども用の着替えを取ってきます、と告げたリンクスは静かに扉を閉める。

グランジェークはその後に続き、共に部屋を出た。

「あれ、グラン様はまだ中にいなくていいんですか？」

リンクスは不思議そうな顔で尋ねる。

「俺が長くいてもできることはないだろう？」

できれば女性の事務官かメイドがついた方がいいと思った。

リンクスは歩きながら、ふと思い出したかのように笑い出す。

「シュゼット嬢、今度は魔力持ちの少年を拾ってくるとは……、ははっ、引きが強いのか不運なのかわかりませんね」

「どうかな。何にせよ、俺のシュゼが彼らを助けたいと思ったのだから仕方ない。俺には彼らの成長を見守る義務がある」

「それはまたご立派な……。前に拾われたあの癖の強い子は元気にやってますか？」

リンクスの言葉に、グランジェークは邸で見送りをするロボットメイドの姿をちらりと思い出した。

引き取ってから、そろそろ三年になる。シュゼットがいなければ、今頃あのロボットメイドは処分されてまったく別の機械に生まれ変わっていた。

「あぁ、相変わらず言動は変わっているがそれがなかなか面白い」

くすりと笑うグランジェーク。しかしリンクスは理解できないといった風に顔を顰める。

「あれを面白がれるのはグラン様くらいですよ。あとシュゼット嬢も。私なら数日でキレますね」

「まぁ、そう言ってやるな。変わったやつだが、あいつのおかげで俺はシュゼに近づけたんだから」

あれは三年前のこと。

あるきっかけからシュゼットに惚《ほ》れてしまったグランジェークは、これまで姿を見るだけで話しかけたこともない彼女にどう接触していいか悩んでいた。

想いは募るばかりで、ルウェスト薬師長からは「必死すぎて怖い」と苦言を呈されるほどだった。

あの日もグランジェークは彼女を尾行《見守っ》ていた。

シュゼットは広場の噴水の前に腰掛け、医療用ロボットメイドの書類を見て難しい顔をしている。

何か困っていることがあるらしい。そう思ったグランジェークは、意を決して彼女に話しかける。

『ここ、座っても?』

『え?』

その顔は、「まさかここは予約制だったの?」と語っていた。

そうでなければ、魔法師団長様が自分に話しかけるわけがない、と思ったのだろう。

グランジェークは、彼女の驚きを察して笑顔で言った。

『いや、そこに座りたいわけじゃない。そんなものを真剣に見ているから、何か相談に乗れるかと思って声をかけたんだ』

『えっ……!?　あ、ありがとうございます』

シュゼットはさらに目を見開き、でもすぐに感謝を伝えた。その屈託のない笑顔は、グランジェークには眩しすぎるくらいだった。

(魔法師団長様なのになんて親切な人！　とでも思っていそうだな。この純真さの前では、俺がいかに穢《けが》れているか突き付けられる)

シュゼットの隣に腰を下ろしたグランジェークは、優しい笑みを向けつつ心の中でそう思う。

『医療用のロボットメイドを探しているのか？』

彼女が手にしていたのは、ロボットメイドを作っているメーカーや販売店のリストだった。宮廷薬師の仕事の一環かと思いきや、彼女はまた別の話だと言う。

『私が担当していたローレス伯爵が、先月お亡くなりになったんです。それで、今日奥様がいらしたんですが、亡き伯爵がお連れになっていたロボットメイドを処分したいとおっしゃっていて……』

ロボットメイドは、制御できる人間がいなければ保有するのは難しい。

魔力の補充やメンテナンスには魔法使いの手が必要で、ローレス伯爵はかつて魔法師団にいた魔法使いなので問題なく扱えていたのだが、妻にロボットメイドを引き継げというのは大変なことだ。

シュゼットも事情は理解していて、その上で何とかその子を処分するのを回避できないかと思っていたのだと話す。

『奥様とその子がちょっと合わないらしくて、だから処分を……というご事情はわかるんですが』

工場で生産されるロボットでも、長年そばで使っているとそれなりに特性が出てくる。

作った魔法使いによって術式が異なるせいで、どれも同じにはならないのだ。それを『品質』と呼ぶか『個性』と呼ぶかで、ロボットメイドに対する人間側の気持ちが変わってくるのはグランジェークも知っていた。

『亡くなられたローレス伯爵とは、薬師としてよくお話ししました。そのときにいつもそのロボットメイドが付き添っていて、私も彼女に情が湧いてしまって』

『なるほど』

『でも、ロボットメイドを作っている工房に問い合わせても「処分は承っているが次の引き取り手を探すことはやっていない」と言われてしまったんです』

かわいそうだと口で非難するのは簡単だが、シュゼットには自分でロボットメイドを引き取れるほどの魔力がない。しかも寮暮らしの彼女にはメイドなど不要で、引き取れたとしても持て余すことは目に見えていた。

グランジェークはしばらく思案し、こう切り出す。

『俺が引き取ろうか？』

『えっ⁉　グランジェーク様がですか⁉』

驚くシュゼットは、隣に座るグランジェーク様を見上げる。

『グランジェーク様なら確かにあの子を引き取れるでしょうが……』

シュゼットは一瞬だけ気持ちが揺らいだように見えたが、でもすぐにまた前を向いて「う～ん」と悩み始める。

『何か懸念がある？』

グランジェークは優しい声音で尋ねる。

『いえ、その、もちろんグランジェーク様は名実共に素晴らしい方だって思うんですが……』

言いにくそうなシュゼットを見て、グランジェークは言葉を引き継ぐ。

『信用できない？』

『そんな！　いえ、あの、違うんです。違うんですけれど』

慌てて否定するシュゼットだったが、理由はそれしかなかった。

『俺がどんな人間かよく知らないから、ロボットメイドを預けるのに躊躇《ちゅうちょ》するということかな？』

グランジェークは冷静に分析し、納得だという顔つきになる。

『本当にありがたいお申し出だとはわかります。でも、グランジェーク様のことを私が何も知らないので、今の状態でご厚意のままにあの子をお任せするのは、無責任なことなのではと』

まじめなシュゼットはそう言って項垂《うなだ》れる。

いくら有名な魔法師団長様でも、ロボットメイドを大切にしてくれるかどうかまでは知らない。まして、個性が強い子だからなおさら「はいお願いします」と即答できないようだった。

グランジェークはそんなシュゼットに対し、ある提案をした。

『それなら、しばらく魔法師団で預かるのはどうだろう？　その間に、俺が君の信頼を得ることができれば正式に引き取るというのは？』

『信頼を得る……？』

『うん。これから俺は君と交流を持つ。それで、君に俺の人となりを知ってもらったらと思うんだ』

グランジェークは優しい眼差しで彼女を見つめながら、罪悪感を抱いていた。

(すまない。俺はそんなにいい人じゃない……！　君のためならロボットの十や百は引き取ってもいいというのも本当だが、俺はただ君と話すきっかけが欲しいだけなんだ)

『俺が声をかけたんだから、せっかくだし役に立ちたい』

全力で大人の優しい男を気取り、彼女の返事を待つ。シュゼットはまさかグランジェークが自分を好きだとは露ほども思わず、たまたま声をかけてくれた魔法師団長様の厚意を受け入れた。

『グランジェーク様……！　ありがとうございます！』

きらきらした目で見つめられ、グランジェークは思った。

（素直すぎる。よくこれまで誰かに騙《だま》されずに生きてこられたな）

自分のことは棚上げし、「彼女がこれから誰かに騙されないように見守らねば」と誓った。

しかしその笑顔を見つめていると、ふと本音が口から漏れる。

『ロボットメイドだけと言わず、君も俺のところに来てくれないか？　ずっと大事にする』

突然の告白にシュゼットは一瞬だけ固まったが、すぐに困ったように笑って答える。

『あ、専属薬師のお誘いですか？　いえいえ、私なんてまだまだですから、そんな』

少し照れたように頬を赤らめ、シュゼットは続けた。

『ダメですよ、そんなこと言って私が勘違いしたらどうするんですか？　グランジェーク様って意外に冗談がお好きなんですね』

視線を落とし、恥ずかしがる彼女がかわいすぎて、グランジェークは今すぐ抱き締めたいという衝動を必死で堪えた。

（かわいすぎる。このまま連れて帰りたい。だが、早まるな……！）

なけなしの理性を動員し、彼は爽やかな笑顔を保った。

『では、ロボットメイドが魔法師団のところへ来られる日が決まれば教えてほしい。こちらはいつでも大丈夫だから』

『はい！　ありがとうございます！』

　その後、しばらく魔法師団で働いていたロボットメイドだったが、気に入らない客に茶をかけたりグランジェークからの魔力供給しか受け入れなかったり、ほかの魔法使いから「癖が強すぎる」と言われ、早々に邸に引き取られることになったのだが――。

「根が優しいと、面倒事を抱え込みがちですよね～」

　くっと笑いを漏らすリンクスに対し、グランジェークは言った。

「シュゼは俺たちみたいな壊す側と違って、誰かを守る側の人間なんだ。ジャレンのことも、将来有望な魔法使いだからなんて打算はなく、ただ不遇な少年を助けたいという一心だったと思う」

「ははっ、こちらとしては、戦力は多い方がいいのでありがたいですね」

　魔法使いの数は年々減っていて、どの国も好待遇で引き抜きにやっきになっている。

　幼少期から恩を売っておけば、他国に流れていかれる可能性も減るとリンクスは笑った。

「シュゼット嬢には、俺が善意で面倒を見ているって言っておいてくださいね？　あんな人に軽蔑の眼差しを向けられたら心が折れるんで」

　そんな軽口を言うリンクスに対し、グランジェークはふんと鼻で笑う。

「邸でおまえの名前など出さない。シュゼの耳に入るのは俺のことだけでいい」

「うわっ、心狭すぎません？」

　足早に廊下を歩いていくグランジェーク。

　背後から、リンクスが「仕事が増えた」とため息をつくのが聞こえてきた。

【第三章】 私の知らない、私とグランジェーク様のこと

『シュゼット、何だか大変なことになってるみたいだね～』

緊張感のない声が、会議室に響く。

その声が発せられた壁掛けの鏡には、遠い場所にいるルウェスト薬師長の姿が映っていた。

薬草や素材の採取に出かけてから音信不通だった薬師長と、ようやく今日こうして話をすることができて、私とマルリカさんはこれまでのことを報告した。

要約すると、

『試作中の魔法薬を何者かに飲まされました』

『グランジェーク様との思い出が消えました』

ということ。まとめてみると意外にシンプルだった。

私にとっては一大事なのに、報告はとても簡単な内容でこちらの方が拍子抜けしてしまう。

ルウェスト薬師長は、ひとまず音信不通だったことを詫《わ》びていた。

『ごめんね～、ちょっと遅くなってて』

「ちょっと!?」

心なしか何だか楽しそうにも感じられて、私は思わず眉根を寄せる。

「面白がってる場合じゃないですよ！　早く帰ってきてください！」

お願いというか嘆きというか、今の私にできるのは師に助けを求めることだけだった。

私の隣に座るマルリカさんは、薬師長ののんびりとした様子に呆《あき》れてため息をつく。

ようやく捕まえたルウェスト薬師長から何としても記憶を戻す手立てを聞かなくては……！　と思う私たちと師匠との温度差がすごい。

このままでは話が進まないと思ったマルリカさんが、少し苛立《いらだ》った声音で尋ねる。

「薬の成分について、今教えていただくことはできないのですか？」

そうすれば、グランジェーク様のことを思い出す薬も作れるかもしれない。マルリカさんは最速での解決を目指していた。

ところが、ルウェスト薬師長は困り顔で答える。

『今は無理かな』

魔力を使っての通信では会話内容が傍受される可能性があるため、今この場では言えないということだろう。魔法薬の依頼は、依頼主と薬師との間で交わされる契約であり、通信での会話は禁止されている。その上、さらに面倒な事情があるようで――。

『シュゼットが飲んだ魔法薬は特殊オーダーなんだよね』

「特殊オーダー、つまり依頼主は侯爵位以上ってことですか……」

マルリカさんが表情を曇らせる。

私は図書館で見た貴族名鑑を頭に思い浮かべ、「意外に多いな」と思った。

「グランジェーク様のカーライル侯爵家を含むと侯爵家は七つ、王家に連なる公爵家が三つ、全部で十ですか……」

そんな高貴な方々が、なぜ記憶を操作する魔法薬を依頼したんだろう？

たとえば、私みたいに家族の愛情を得られなかった人がその記憶を消したいと思うのはあり得る。虐待されていたとか理由があるなら、魔法薬で記憶を消したいと願うのも理解できるわ。

けれど、誰のことを忘れるかによっては日常生活に支障が出る。日頃から接点のある人を忘れてしまったら相手や周囲に不審がられるし、揉《も》め事になるリスクも高い。

それにいっときは忘れられても、日常的に会う人ならばその顔を見たら思い出してしまう可能性だってある。

現に私だってグランジェーク様と長く過ごしていたら、自然に思い出す可能性があるとマルリカさんは言っていた。魔法で記憶を消すならば『忘れたいし忘れても支障がない相手』でなければ。

「依頼主は、一体誰に対して使うつもりだったんでしょうか」

思わずそんな呟《つぶや》きが漏れる。すべてを知っているルウェスト薬師長は、何も答えなかった。

彼はしばらく何やら思案してから言った。

『そうだなぁ、う～ん。今言えるのは、私が帰るのはひと月くらい先になりそうだってことだね』

「ひと月後!?」

『うん』

あっけらかんとそう言う師を見て、私はあれこれ想像を巡らせた結果を口にする。

「……材料ですね？」

『そうそう！　さすがシュゼットは私をよくわかっているね！　えらいよ！』

ごきげんな師は、ぱちぱちと手を叩《たた》いて大げさに私を褒めてくれた。

マルリカさんは何が何だかわからないという顔でこちらを見る。

「どういうこと？」

「ルウェスト薬師長は、私の記憶を元に戻すための薬を作ってくれるつもりです。でも材料がないので、今からそれを採りに行ってだいたいひと月くらいあれば手に入るだろうとお考えです」

「はぁ!?　そういう意味でひと月後っておっしゃったんですか？」

マルリカさんが、顔を引き攣《つ》らせる。

ルウェスト薬師長は基本的に細かく説明しないから、こっちが彼の思考を読んで言葉の意味をただしく想像するしかないのだ。十六歳のときから彼の下についている私はそれなりに師の言葉が解読できるようになっている。ルウェスト薬師長の下で働けるかは才能より体力より何より忍耐力がいる、と言われているのはこれが原因だった。

『昔はね、いっぱいあったんだけれど。変異種の一角獣のツノ』

「それが必要なんですか？」

真っ白な体に、額の中心に長い銀色のツノを持つ一角獣。清らかな水辺や森の中に住むよくいる魔獣だけれど、変異種でツノが二つある一角獣はめったにお目にかかれない。

三十年ほど前までは、そのツノの粉末が市場に出回っていたという。けれど、今はもう存在自体があまり知られておらず、これから手に入れるとなれば大変な労力がかかると予想される。

ルウェスト薬師長は、周囲にいた魔法使いにあれこれ指示を出し、今すぐどこかへ採取に行くと言った。

ある程度、アテはあるんだろうなと感じたけれど、付き合わされる魔法使いたちには「がんばってください」としか言えない。

ルウェスト薬師長は、視線を斜めに外しながら呟く。

「ウィングナー殿が作っていた〝星の雫《しずく》〟なら、何とかなったかもしれないけれどなぁ」

それは、私の祖父が残した回復薬である。

宮廷薬師だった祖父は、心身の状態を健全な元の状態にリセットする回復薬を開発していた。魔力持ちにしか効かない薬だけれど、魔法使いたちの間ではかなり重宝されていたそうだ。

その材料の一部に、変異種の一角獣のツノが使われている。

私も形見に一本小瓶を持っていたが、以前、遠征先で使ってしまって残っていない。

闇オークションでは取引されているそうだが、数年に一度くらいしか出品されない上に、古城が買える値がつくとか何とか誰かが言っていたような。

「ツノ、取りに行ってくださるのは嬉《うれ》しいですが気をつけてくださいね?」

一角獣がいるような場所は、人が住んでおらず自然が手つかずだ。うっかり崖から滑落でもしたら即死である。

『うん、わかったよ。ごめんね、長い間不在にして』

「まったくです……! 通信もなかなか通じないし、ようやく今日になって連絡が取れるなんて自由すぎます!」

泣き言を訴える私に、ルウェスト薬師長はなぜかしみじみと感想を述べた。

『あー、でもそうか。シュゼットがグランジェークを忘れちゃったのか……。結婚するって聞いたときは、てっきり流されて押し切られたんだと思ったのに』

「どういうことですか？　なぜ嬉しそうなんです？」

真剣に問いかけるも、教えてくれる気はないらしく、師は会話を切り上げ笑顔で手を振った。

『じゃ、またね！　また連絡するから！』

「え！　あの、まだ話が……！」

背後で立っている魔法使いたちが、出かけるルウェスト薬師長を慌てて追いかける。

それを最後に通信は途絶え、会議室の鏡はただの鏡になった。

しんと静まり返った空間で、マルリカさんがはぁとため息をつく。

「あなた、よくあの師に耐えているわね」

「慣れればそれほど苦労はありませんよ？」

「慣れるまでがつらいわ」

そう言われるとそうかもしれない。

でも、薬師としての才能は間違いないし、怒ったり声を荒らげたりすることはないし、私にとっては優しい師匠である。

祖父を亡くしたときにここで勤め続けられるよう後見人にもなってくれたのだ。だから、恩人でもある。「いい人なんですよ」と補足する私に向かって、マルリカさんは気持ちを切り替えて語気を強めた。

「前向きに考えれば、あとひと月くらいで薬が手に入るってことよね！　それを飲めば、グランジェークのことを思い出せると」

「そのようですね」

何も希望がないよりは、随分とマシなような気がしてきた。

薬を依頼してきた人物にも、それを悪用した人にも相変わらず思い当たる名前は上がらないけれど、記憶を取り戻せばそれもわかるだろう。

うん、大丈夫。きっと何とかなる。

「ねぇ、グランジェークは今日には戻ってくるんでしょう？」

マルリカさんに尋ねられ、私は「はい」と笑顔で頷《うなず》く。

魔力持ちの少年、ジャレンくんを発見してから早三日、グランジェーク様と私はずっとすれ違い生活を送っていた。

ジャレンくんの保護のこともあるが、彼は魔法師団長としての仕事が立て込んでいて、邸に戻ってくるのは深夜なのだ。

今朝、偶然会ったリンクスさんによれば「殺気立っていますが大丈夫です」とグランジェーク様の様子を聞いた。

たまに魔法師団の建物が揺れているのは、グランジェーク様のストレスで魔力が放出されているかららしい。

さすがに今日は帰れるという情報をリンクスさんから提供され、私も仕事が終わればまっすぐに邸へ戻る予定だ。

会ったら何を話そう？

たった三日なのに、随分と顔を見ていないような気がして落ち着かない。

そんな私を見て、マルリカさんは笑った。

「記憶がないって聞いたときはどうなるかと思ったけれど、その様子じゃ心配なさそうでよかった。ちゃんと夫婦じゃないの」

「……そうですか？」

恥ずかしくなった私は、そっと視線を逸《そ》らす。

グランジェーク様の愛の重さにはびっくりして戸惑ったけれど、一緒にいてドキドキする気持ちは偽物なんかじゃなくて、私自身が確かに感じているものだ。

好きなのかというとまだよくわからないけれど、グランジェーク様がいないと寂しいと思うくらいには一緒にいたいわけで……。

「グランジェークは、あなたのそういう素直なところに惹《ひ》かれたのかしらね」

「素直？」

「考えていることが全部顔に出てるもの」

「え」

それはけっこうダメなことなのでは？　社会で生きていく以上、感情や思考が顔に出るのはよくないはず。

私は慌てて鏡を見て、少し赤くなった自分の頬に気づき、でもどうしようもなくてまた視線を落とす。

「私って、記憶がなくなる前はどんな風にグランジェーク様と接していたんですか？」

これは、ずっと気になっていたことだ。

マルリカさんなら何か知っているかもと思い、窺《うかが》うように彼女を見つめる。

「二人は普通の恋人同士に見えたわよ？　傍目には」

「傍目には？」

「まぁ、実際にはグランジェークがあなたを好きすぎてアレな感じで、私たちはそれを呆れて見ていたわけだけれど……。あなたの前では『年下の恋人をかわいがる大人な魔法師団長様』みたいな感じだったわよ？　グランジェークは、包容力ある男を気取っていたし」

クールでかっこいい魔法師団長様、そのイメージのままに私と付き合っていたということなんだろうか？

今の彼とは全然違う。

「グランジェーク様は、それでよかったんでしょうか？」

極端すぎる気もするけれど、今の彼が本当の彼ならば、無理して付き合っていたのでは？

そんな疑問が湧いてくる。

「あの男はただかっこつけたかっただけよ」

右手をひらひらと振るマルリカさん。グランジェーク様のことを、「どうしようもない男なのよ」と笑った。

「かっこつけたかったなんて信じられません。私の方が、無理して背伸びして大人びた女性になろうとするならわかりますが」

お相手がグランジェーク様なのだ。

普通に考えれば、私の方が彼に似合うような素敵な大人の女性であろうとするんじゃない？

「好きも嫌いも、人それぞれだもの。好きになった相手が理想の人に見えるっていう錯覚はあると思うわ」

錯覚、そう言い切るのはマルリカさんらしいような気がした。

「あまり難しく考えちゃダメよ？　彼は自分の一部をあえて見せないようにしていただけで、それは『偽り』とはまた少し違うわ。二人には二人にしかわからない何かがあったのかもしれないし」

記憶が戻ったら、私はどう思うんだろう？

何もかも思い出すのが少し怖いような気もする。

「なるようになるわ。じゃ、またね」

「ありがとうございました」

マルリカさんは手を振り、白い上着を颯爽《さっそう》と翻して部屋を出ようとする。

私は慌てて立ち上がり、彼女の背を見送った。


その日の深夜、グランジェーク様は玄関前に転移して戻ってきた。

階段を上る足音に気づいた私は、寝間着の上からカーディガンを羽織り、急いで寝室を出て彼の元へ向かう。

「グランジェーク様！」

「シュゼ？」

紫色のローブのボタンを右手で外しながら歩いていた彼は、私の姿を見て驚いていた。

いつもならもう眠っている時間だから、私がまだ起きていると思っていなかったみたい。

私は二階の廊下で彼に駆け寄ると、笑顔で言った。

「おかえりなさいませ。よかった、今日は会えて」

過労でやつれていたらどうしようかと思った。見た感じでは少々の疲労感はあるものの、目の下にクマがあるわけでもないし相変わらず神々しいくらいの美貌だ。

「もうお食事は向こうで……、グランジェーク様？」

きちんと食べたのかと尋ねようとすると、彼がなぜか右手で顔を覆ってふるふると震えていることに気づく。

どこか体調が悪いんだろうか？　立ち眩《くら》み？

何だか呼吸も速いし、もしかして食事を抜いて働いていて低血糖になった？

不安に思った私は、さらに一歩近づいてその顔を覗《のぞ》き込んだ。

「グランジェーク様？」

ところがその瞬間、彼は階段の手すりを掴《つか》んで思い切り頭を打ち付ける。

――ガンッ!!

「グランジェーク様!?」

突然の奇行に私は目を見開いて驚く。

顔を上げたグランジェーク様は、額が赤くなっていた。

「だ、大丈夫だ……！　俺は俺の欲望からも君を守ると決めている」

「どういうことですか!?」

あわあわと狼狽《うろた》える私に対し、グランジェーク様は優しい笑みを向けた。

「ただいま、シュゼ。今日もかわいいな」

「そんなこと言ってる場合ですか!? 額から血が出ていますよ！」

私は彼の腕を取り、強引に寝室へと連れて行く。そして椅子に座ってもらうと、チェストの引き出しから薬箱を取り出し、色とりどりのケースや小瓶の中から回復魔法がかかった軟膏を取り出した。

「これ、すぐ治るかな……」

指で軟膏《なんこう》を掬《すく》い、彼の額にそっと薬を塗っていく。緑色の軟膏がするすると彼の皮膚になじみ、赤く滲《にじ》んでいた血も擦れた傷口も少しずつ薄くなっていくのが見えた。

「よかった、もう治りそうです」

魔法師団長様が額を腫らしているところは、ほかの人には見せられない。

ホッと安堵《あんど》した私は、軟膏を薬箱の中へと戻した。そのとき、背後からふっと笑いを漏らす声が聞こえてくる。

「グランジェーク様？」

振り返ると、彼が目を細めて笑っているのが見える。

「いや、その、シュゼに手当てしてもらえるならケガするのも悪くないなと思ったんだ」

「できればケガをしないでください。自分で手すりに頭突きするのはもうやめてほしいです」

私が呆れてそう言うと、彼はまた笑いを漏らして「うん」と頷いた。本当にわかっているのかどうかは怪しいけれど、グランジェーク様が私を見る目がとても優しくてじっと見つめられていると落ち着かない。

私がふっと視線を下げると、グランジェーク様はからかうように言った。

「シュゼ、こっちを見て？」

声が甘い。心拍数が上昇して危険なので、普通にしゃべってもらいたい。

私が恨みがましい目で見ると、彼は困り顔で笑って話題を変えた。

「そういえば調合室ではどう？　仕事は問題ない？」

仕事の話を振られ、私は思わず背筋を伸ばして答える。

「問題ないです。いつも通りです」

「そうか。それはよかった」

本当に、何もかもがいつも通りだった。

アウレアが張り合ってきて、私はそれを受け流し、休憩時間には先輩たちやフィオリーと何気ない話をして……最初はもっと疑心暗鬼になるかと思っていた。

でもあまりに日常が日常すぎて、誰かが私に魔法薬を盛ったなんて全部何かの勘違いなんじゃないかって思うくらい。

「本当に、調合室の誰かが犯人なんでしょうか」

思わずそんな言葉が漏れる。

本当のことを知りたい。でも知るのが怖い気がする。知れば絶対にショックを受けるから。

「こんなに弱気じゃダメですよね」

無理やり笑顔を作ろうとすると、グランジェーク様はそっと私の手に自分のそれを重ね、真剣な眼《まな》差《ざ》しで言った。

「俺は絶対にシュゼを裏切らない。どんなことがあっても」

「グランジェーク様……」

彼が本気でそう言っているのが伝わってくる。

その気持ちが嬉しくて、自然に笑みが戻った。

グランジェーク様がいてくれてよかった。心からそう思えた。

私は大きく息をつき、そして彼に尋ねる。

「お食事はもう済ませました？」

彼は、私の問いかけで初めて食事のことを思い出したかのように「あ」と声を上げた。これはどう考えても食べていない反応だ。

「厨房《ちゅうぼう》から何か持ってきますね？」

私がそう言うと、グランジェーク様は「ありがとう」と言って笑う。

こんなやりとりをすると、何だか本当に家族みたいだ。ちょっとだけ温かな気分になる。

私は廊下に出て、控えていたロボットメイドと一緒に食事を取りに行く。

「遅い時間だからシチューがいいかな」

『かしこまりました』

作っておいたじゃがいものソテーを乗せたサラダもある。

グランジェーク様に好き嫌いはないけれどその分これが好きというものもないようで、栄養のあるものを口に入れてもらわなくてはと思った。

厨房で料理やドリンクを用意し、ロボットメイドと共にそれを二階へと運ぶ。

「グランジェーク様、お食事ですよ」

ご機嫌な私は、ノックとほぼ同時に寝室へと入る。けれどそこには椅子に座ったまま眠っている彼がいた。よほどお疲れだったらしい。

私が入っても、瞼《まぶた》がぴくりと動くこともない。

『食べさせましょうか？』

「やめて、喉に詰まっちゃう！」

気遣いが過ぎるロボットメイドは、スプーンを持ってやる気満々だ。いくらなんでも、寝ている人の口に突っ込むのはサービスの範疇《はんちゅう》を超えている。

「このまま寝させてあげましょう」

『かしこまりました』

ロボットメイドは、料理やドリンクを厨房へと下げに行った。

私はベッドから毛布を持ってきて、グランジェーク様を起こさないようそれをかける。こんなところではなくベッドできちんと休息を取ってもらいたいところだが、私にグランジェーク様を運べる力はなく、毛布をかけることしかできないのが残念だ。

椅子のそばに屈《かが》んで、その寝顔をじっと眺める。

睫《まつ》毛《げ》が長い。夜なのに、さらさらの銀髪は乱れることもなく、彫刻のように美しいこの人はすっかり眠り込んでいる。

もしも私が記憶喪失になっていなかったら、今頃はどんな新婚生活だったのかな……？

そもそもひと月ほど同棲していたわけで、その間は同じものを食べて同じ時間を過ごして、同じベッドで寝起きして……。

そこまで考えて、はたと気がつく。

私は、いや、私たちはどこまで……？

記憶を失《な》くしてからの二週間が鮮烈すぎて、今ようやくそこに思い至った。

私が医局で目を覚ましたとき、グランジェーク様は当然のように口移しで水を飲ませてきた。つまり、それまでにもキスはしていたということだろう。

「二年も付き合っていたんだものね」

しかも、結婚式は一年前から決まっていたとマルリカさんが言っていた。となると、婚約期間も一年はあったと思われる。

貴族同士の婚約では、私たちの場合は年齢的に遅い分類に入る。それを思えば、とっくの昔に深い関係になっていたとしてもおかしくはない。

「ふえええええええ!?」

私とグランジェーク様が!?　真実はわからないけれど、今の私からすればすべてが信じられない。

頭を抱えて床に蹲《うずくま》り、つい想像してしまった。

麗しい笑みを浮かべ、甘い声で私の名を呼ぶグランジェーク様を……。

『シュゼ』

「!?」

想像しかけて、あまりの衝撃の強さに考えるのをやめた。

付き合っていた記憶がまったくない私に、グランジェーク様との夜の暮らしは刺激が強すぎる。それこそ脳がぐちゃぐちゃになりそうだ。

一人で狼狽える私のそばで、グランジェーク様はぐっすり眠っていた。

◆◆◆

『お目覚め、ですか？』

「……………あぁ」

瞼を開けると、アイボリーの壁とダークブラウンのチェストが見えた。

(椅子に座ったまま眠っていたのか)

ぼんやりとした思考。ずっと控えていたであろうロボットメイドの声に、かろうじて反応する。

夕刻、意外に早く邸に戻れると思った頃に、国境での魔獣騒ぎの報《しら》せが入った。

新人兵の小競り合いから防壁の閉め忘れに繋《つな》がり、繁殖期で獰猛《どうもう》化している魔獣の侵入を許すなどとんでもないことだ。ちょうどストレスが溜《た》まっていたこともあり、グランジェークはリンクスの制止を聞かずすぐに国境まで転移した。感情のままに一帯を焼き払い、怯《おび》える長官や現場指揮官らに「追って処分を伝える」と言い残すとグランジェークは再び王都へと飛んだ。

(さすがに疲れた)

気分はすっきりしたが、体はそれに比例しない。

リンクスの小言を聞くより前に、グランジェークは邸《やしき》に戻ってきた。もうシュゼは眠っているだろうなと思っていたのに自分を出迎えたのは明るい笑顔の妻で、まるで記憶喪失なんて悪い夢だったのではと思うほどに幸せを感じられた。

今すぐ抱き締めたい。でもそうするとシュゼットを困らせるだろうと思い必死で耐える。

魔法薬による眠りから覚めたとき、彼女にとって『遠い存在』のグランジェークが水を飲ませると、動揺と怯えが伝わってきた。

(誰かの悪意によって記憶を奪われた彼女を、これ以上傷つけたくない)

自分だけは絶対にシュゼの味方なんだとわかってほしい。心から好きなんだと、わかってもらいたかった。

ただこの二年間があまりに幸せで、今さら他人だと思われるのは想像以上に苦しかった。

手の届く距離にいるのに、シュゼットにとってグランジェークは『魔法師団長様』。ふとしたときの所作や言葉にそれを思い知らされる。

(どうすれば俺を見てくれる?)

もどかしさは募る一方で、けれどそんな不安をシュゼットに感じさせるわけにはいかない。

「シュゼ」

(なぜ俺だけを忘れた? なぜ思い出してくれない? 君にとって俺は、取るに足らない存在だったのか?)

シュゼットがアウレアたちと笑い合う姿を見ていたら、まるでグランジェークとの思い出がなくても幸せになれるのだと見せつけられているようだった。

(俺は、いらない? 彼女にとって、なくてもいい存在なのか?)

日を追うごとに不安が増幅する。もうこんな日々は終わりにしたい。一刻も早く、シュゼに自分を思い出させたい。

でも、シュゼットを傷つけたくない。

自分自身の思考に殺されそうだった。

起きてすぐ再び目をぎゅっと瞑《つぶ》り、悪い考えから必死で抜け出そうと試みたそのときだった。

「グランジェーク様……」

足元で声がする。

驚いて視線を下げると、椅子の肘置きにもたれかかって眠るシュゼットがいた。ふわりとした黒髪にそっと触れると、彼女は「んん」と小さな声を上げて顔を顰《しか》める。

座ったまま眠っていたグランジェークのそばで、シュゼットもまたうっかり眠ってしまったのだと気づく。

「シュゼ？」

返事はない。床に座ったままこんなにぐっすり眠ってしまうなんて、彼女もまた疲れているんだなと思った。

起こさないよう、グランジェークは彼女の細い体をゆっくりと抱きかかえる。

「ん……」

子どもみたいに体を預けてくるシュゼットは、グランジェークの肩に頬を寄せて寝心地のいい場所を探す。

ぎゅっと抱き締めると、その温かさに心が安らぐのを感じた。

（あぁ、俺はまた間違えるところだった。こうしてシュゼが生きていてくれることが幸せなのに）

目を閉じて幸福に浸ると、殺伐とした気分が鎮まっていく。

ずっとこうしていたいが、早くベッドに寝かせた方がいい。グランジェークは名残惜しい気持ちを抑え、寝室のベッドに彼女の体をそっと寝かせた。

柔らかな毛布をかけたとき、ふと彼女が目を開ける。

「グランジェーク様?」

甘えるような声。うつろな目は、寝ぼけているように見える。その姿がかわいくて、グランジェークは自然に笑みを浮かべて言った。

「まだ夜中だ。ゆっくり眠って」

「……はい」

再び目を閉じた彼女は、静かに寝息を立てる。

グランジェークはその柔らかな黒髪を指で梳《と》かすようにして頭を撫《な》で、その寝顔を眺め続けた。

カーテンの隙間から朝陽が差し込むまでずっと……。

【第四章】王女様と魔法薬

吹き抜けの天井には、赤や青の宝石を贅沢《ぜいたく》に使った煌《きら》めくシャンデリア。さすが王城の舞踏会。私は豪華絢爛《けんらん》なホールに圧倒されていた。

「わぁ……」

ブラウンを基調とした落ち着きのあるホールでは、着飾った貴族たちが楽しげに集っている。きっと、グランジェーク様と結婚しなければ一生こんなところには来なかっただろう。

「シュゼ、緊張してる？」

「あはははは、はい……、少し」

嘘《うそ》です。少しどころではありません。

どんな宝石にも絵画にも劣らぬ美貌のグランジェーク様は、煌びやかなこの雰囲気にもごく自然になじんでいるけれど、慣れないドレスに高いヒールを履いた私は緊張で喉がカラカラだ。

光り輝くジュエリーも、体を包むには心もとない繊細なレース仕立ての紫色のドレスも、すべてが緊張に繋《つな》がっている。

「とてもきれいだ」

「グランジェーク様こそ、とてつもなくお美しいです」

「それは『ありがとう』って返すので合ってる？　俺はシュゼの添え物みたいなものなんだけれど」

「いいえ、そんなことは絶対にありません！」

慣れない場所に慣れないドレス、私は大混乱中である。

グランジェーク様は結婚式以来の盛装で、いつもより少しだけしっかりと髪を整え大人の色気が駄々《だだ》洩《も》れだ。

本当に芸術的な美しさだわ……！

そんな彼に見惚《みと》れる女性たちの視線など気にも留めず、彼は私だけを見つめて優雅にエスコートしてくれている。

なんでこんな人が私の夫に？　今、この世界中で一番私が疑問に思っている。

「緊張しなくても大丈夫だよ。王族への挨拶なんてすぐに終わるから」

そんなバカな。軽く「ごきげんよう」で済むわけがないはずなのに、グランジェーク様はまるでちょっとしたことのようにそう言った。

今宵は隣国の大使や外交官を招いた舞踏会が開かれていて、私は魔法師団長様の妻として参加している。

記憶がないという不安はあるけれど、グランジェーク様によれば私たちは社交という社交はしていなかったそうなので、人の顔と名前が一致しないのは平常通りらしい。

王城に来てからというもの、すでに多くの貴族から挨拶を受けている。

魔法師団長様はそれをさらりと躱《かわ》し、向こうも「これは無理だ」とすぐに理解して強引な誘いをしてくる人はいない。

グランジェーク様の登場にきゃあきゃあ言っているご令嬢方を見ると、私もあそこの位置にいるはずなのにな……と思わずにはいられなかった。

私たちが入場してまもなく、王弟殿下のシュタイン公爵が姿を現し、それからすぐに国王陛下と王妃様、王太子殿下と王女様が登場した。

王族の威厳に圧倒された私は、緊張で胃が痛くなってきた。

いくらグランジェーク様と一緒でも、王族の方々に挨拶なんて……！

緊張して口から心臓が飛び出そうだ。

国王陛下から開会のお言葉を頂戴し、隣国の大使の紹介が終われば舞踏会は賑《にぎ》わいを増す。色とりどりのドレスが花のように咲き、どこもかしこも華やかに見えた。

「シュゼ、行こうか」

「は、はい……！」

グランジェーク様の腕にそっと自分の手を添えると、緊張で震えているのがわかった。それを見たらさらに緊張してきて、何の段差もないところで転んだらどうしようと心配になってくる。

「国王陛下、今宵はお招きいただきありがとうございます」

王族が座る席の前で、グランジェーク様はそう言って軽く礼をする。

私は顔が引き攣《つ》るのを必死で堪《こら》え、ドレスの裾を少しだけつまんで頭を下げた。震えているのはどう見てもバレているが、誰もそこには触れてくれないのでとてもありがたい。

「グランジェーク、久しぶりだな。結婚したそうだが、隣にいるのが噂《うわさ》の薬師の妻か？」

「はい、妻のシュゼット・クラークです。どうかお見知りおきを」

私はグランジェーク様に紹介され、どうにか笑みを浮かべる。

国王陛下は柔らかなそうな金髪に茶色の目をした方で、どっしりと構えた王族らしい堂々たる威厳が私には威圧感に思えてしまう。

これまでも式典などでそのお姿を目にすることはあったが、こんなに近づいたことはない。

明らかに緊張した面持ちの私を見て、国王陛下は笑って言った。

「ははっ、何ともかわいらしい伴侶だ。どうか楽にしてくれ。グランジェークとはそれなりに親しい関係なのだよ、私たちは」

隣のグランジェーク様が「親しい？」と顔に疑問を浮かべている。それを見た国王陛下は、豪快にはははと笑った。

「相変わらずだな、グランジェーク！　ぜひ今度の狩猟大会には参加してくれ。親交を深めよう」

「……ありがたきお言葉です」

うん、断る気ですね？

グランジェーク様は早々に礼をして、挨拶を終えた。

こんな感じでいいのかしら？

私がちらりと王族の方々の反応を窺《うかが》えばたまたま王女殿下と目が合い、彼女はにこりと笑ってくれた。

この方は、来春隣国に嫁ぐ予定のステシア第三王女殿下だ。波打つ柔らかなブラウンの髪に、銀色のティアラがよく映えている。透き通るような肌に青い瞳、高い鼻梁《びりょう》という美しい顔立ちは控えめな気性をそのままに表しているようだ。

園遊会などで、何度か言葉を交わしたことはある。当然、私はその他大勢としてだけれど。

私は王女殿下に目礼をし、グランジェーク様と一緒にその場から離れる。

優雅なワルツの曲が流れるホールでは、ちょうど次の曲に切り替わるところだった。

「シュゼ、手を」

「はい。よろしくお願いします」

病弱でもない限り、舞踏会で踊らないのはマナー違反になる。私は差し出された手を取り、ロボットメイドと練習したダンスに挑むことになる。

大丈夫。もう王族への挨拶という難関は突破した。

練習通り、踊るだけよ。そう思っていたけれど甘かった。手を重ね、グランジェーク様と向かい合うと予想以上の密着状態にドキドキと胸が鳴り出した。

腰に手を回され、抱き締められるくらいの距離でステップを踏むなんて頭が真っ白になってしまう。

ロボットメイドの無機質な胴体とは違い、温度のある人間が相手なのだ。

少し視線を上げればその麗しい笑みがあり、息を呑《の》んだまま卒倒しそうになってしまった。

「シュゼ、落ち着いて。大丈夫、うまく踊れているよ」

踊れているというか、グランジェーク様に動かしてもらっている状態だ。

力が入らない私を、彼はうまくリードしてくれていた。ドレスの裾に隠れて見えないが、自分の足は何度ももつれている。

「あっ」

カツンと靴先が当たる感覚があった。

グランジェーク様の靴を蹴ってしまったらしい。

「すみません」

あわあわと狼狽《うろた》えると、彼は私の耳元に顔を寄せ、優しい声音で言った。

「いいよ。慣れていない方が、俺以外の男と踊っていない証拠だと思って安心できる」

「そんな」

「ダンスなんて楽しむものなんだから、間違ってもいいんだよ」

くすりと笑った彼は、流れるように私の腕を引いてくるっと回った。

「グランジェーク様は楽しめていますか？」

私が相手で、ダンスを楽しいと思えるだろうか？

ほかの人と踊った方が、とそこまで考えて何だかもやもやして口にするのはやめた。

「俺はシュゼがいれば何をしていても楽しいよ」

王子様みたいなきらきらした微笑《ほほえ》みでそう言われ、私は顔が真っ赤になるのを感じた。

グランジェーク様は、今日も容赦なく追い込んでくる。

ようやく曲が終わったときには、私は全力疾走したくらいに疲労を感じていた。

ファーストダンスが終わり、たった一曲で疲れ果てた私は壁際で気配を消して立っていた。

グランジェーク様は私を気遣い、飲み物を取ってくると言ってここを離れている。

周囲の人々は楽しげに談笑していて、絵画でしか見たことのなかったいかにも舞踏会な場面をぼんやりと眺める。

そんな私の前に、スッと一人の男性が現れた。

「レディ、一曲お相手願えませんか？」

背の高い金髪碧眼《へきがん》の紳士は、爽やかな笑顔でそう言った。年は、二十代半ばくらい。

私が舞踏会に参加するのは初めてで、こんな風にダンスに誘ってくるような知り合いはいないはずなのに、と戸惑って返事ができずにいると、彼はふっと笑いを漏らしてから自己紹介をしてくれた。

「アウレア・ヴィオスの兄、アリスティドです。いつも妹が仲良くしていただいているようで」

「あっ！　アウレア……様のお兄様!?」

色彩といい、顔立ちといい、この方はアウレアによく似ている。

お兄様は名門伯爵家の若き当主であり、宰相様の元で政治を学んでいるというのはアウレアから聞いていた。

「シュゼット・クラークと申します。いつもアウレア様にはよくしていただいております」

私は慌てて挨拶を返す。縮こまる私に対し、お兄様はくすりと笑って右手を胸の前で振った。

「いえいえ、そんなにかしこまらないでください。いきなり話しかけて驚かせてしまいましたね。失礼をお許しください」

とても柔和で、明るい方だった。

アウレアのあの負けん気の強さからは、こんなに物腰の柔らかなお兄様がいるなんて想像できない。

それにしても、私に声をかけてくるなんてどうしたのだろう？　よほど仲のいい兄妹《きょうだい》なのかしら？

疑問に思っていると、アリスティド様はそれを察して用件を告げる。

「あの有名な魔法師団長様とご結婚なさった方がどのような方なのか、と少し気になりまして」

「あぁなるほど」

グランジェーク様は有名人だものね……と私が納得しかけたのを見て、彼は笑みを深めて続けた。

「というのは建前です」

「建前？」

「実は、執事から妹に友人ができたと聞かされ、一体それはどんな器の大きな女性なのかと思って様子を探りにきたのです」

「え？」

あははと笑うアリスティドお兄様からは、悪意やからかいは感じられない。本当に妹の友人を見に来たのだと伝わってくる。

もしかして、アウレアって友人が一人もいなかったの？　家族が驚いて私を見に来るくらい……？

「あの性格でしょう？　アウレアは茶会に参加しても一向に友人ができなかったのです。それが薬師になって以来あなたの話をときおり口にするようになり、家族一同とても安心していたんです」

「そうなんですね」

「はい。だから、あなたを見つけてつい声をかけてしまいました。魔法師団長様と一緒にいると目立ちますから」

なるほど。普通の子爵令嬢として舞踏会に参加していたら、お兄様は私のことを見つけられなかったんですね！

確かに、『魔法師団長様のパートナー』だったらすぐにわかる。

「お声掛けいただき、光栄です。これからもアウレア様とお付き合いさせていただいてもよろしいでしょうか？」

「ええ、もちろんです。それはこちらからお願いすることです。あぁ、そうだ。私がこうして来たことはアウレアには内緒にしてくださいますか？」

私たちは目を合わせて笑い合う。

アウレアがいかに愛されて育っているか、お兄様の言葉や行動からよくわかり、少しだけ羨ましくもあった。

「わかりました、アウレア様には……」

そう返事をしかけたとき、赤いドレスを着たアウレアが怒りの形相で近づいてくるのが見えた。

「もうバレちゃったみたいです」

「えっ」

お兄様が振り返ると同時に、キッと睨《にら》んだアウレアが力いっぱいその腕を掴《つか》む。

その勢いに、一緒に来ていたフィオリーがおろおろしていた。

「アリスティドお兄様！　シュゼットに一体何を言ったのですか!?」

「ご挨拶をと思っただけだよ」

悪びれなく、まるで小さな子をあしらうような態度の兄に対し、アウレアはぐっと眉根を寄せる。

私は二人の様子があまりに微笑ましくて、密《ひそ》かに笑ってしまった。

「やめてください！　もう大人なんですから挨拶なんていりませんわ！　シュゼットはただの同僚で、別に仲がいいとかそういうわけではありませんし！」

「大人？　そうか、だったら我が家に招待して、家族ぐるみで親交を深めるのもいいね」

「どうしてそうなるんですの!?」

「あぁ、シュゼット嬢。お近づきのしるしに、本当に私と一曲踊っていただけませんか？　きっと楽しい時間をお約束いたしますよ？」

そう言ってスッと右手を差し出すお兄様は、アウレアが怒るのを楽しんでいるように見えた。

「お兄様、いい加減にしてください！」

アウレアは顔を赤くして怒っていて、強引にお兄様の腕を引いた。お兄様はクッと笑いながら、妹に引っ張られるままに遠ざかる。

「すみません、妹に叱られましたのでダンスはまた」

「はい、お声掛けくださりありがとうございました」

私は仲のいい兄妹を微笑ましく見ながら、笑顔で手を振って別れた。

アウレアはクルクルに巻いた金髪を揺らしながら、ホールの奥へと歩いていく。

お兄様はそんな妹に引っ張られながらも、今度はフィオリーに「一曲どう？」と笑いかけていた。

名門伯爵家なのに、あんなに温かい家もあるとは……舞踏会の緊張がアウレアたちのおかげですっかりなくなっていた。

再び一人になった私は、グランジェーク様の姿を探して視線をさまよわせる。

彼は目立つからすぐに見つかるはずなんだけれど、見える範囲に姿はない。

誰かに呼び止められているのかな？

もしかしたら知り合いに会って話しているのかもしれない。

私が一人でうろうろしてすれ違ってしまったら、きっとグランジェーク様は心配する。だからもうしばらくここで待とうと思ったときだった。

「少しよろしいかしら？」

高く澄んだ声。その声のした方に振り向くと、そこには柔らかな笑みを浮かべる一人の女性がいた。

「ステシア王女殿下……!?」

驚き、目を瞠《みは》る私。

王女殿下はそんな私を見て、にこやかに微笑んでいた。

◆◆◆

ホールに響く軽やかなバイオリンの音色。

シュゼットのために飲み物を取りに行ったグランジェークは、給仕スタッフに「グラスを一つくれ」と声をかけた。

彼は恭しく礼をして、しばらくお待ちくださいと言ってここを離れる。グラスの一つくらい自分で出せればいいのに……とはがゆい気持ちになる。

周囲からは万能と思われているが、魔法使いにもできないことは多い。

たとえここに材料があったとしても、最愛の妻に使ってもらえるような美しいグラスは生み出せないのだ。技術があっても造形センスがなければ残念な結果になる。

給仕スタッフが戻ってくるのを待っていると、見知った顔が近づいてきた。

秘書官のリンクスだ。

舞踏会で浮かないように黒の盛装まで着ているのに、その顔つきはどう見ても仕事の話を持ってきたという雰囲気だった。

グランジェークは、視線だけで彼に廊下へ出るように促す。二人して足早に歩き、人波を抜けて大きな扉に近づいていくと、ドアマンが無言でそれを開けてくれた。

廊下に出てしばらく行けば、グランジェークが立ち止まったタイミングを見計らってリンクスが口を開く。

「……お一人ですか？」

「シュゼを待たせている」

「それは雑談している時間はなさそうですね」

やれやれと苦笑いのリンクスは、上着の内ポケットから連絡用の便せんを一枚取り出した。

グランジェークはそれを受け取ると、すぐに目を通す。

『レイナルド・オーシャン公爵　肝炎』

『ミリア・マークス辺境伯夫人　蕁麻疹《じんましん》』

『ソル・シングオン侯爵令息　原因不明の体調不良』

そこには、名だたる高位貴族の名前と患っている症状が書かれていた。

リンクスが持ってきたものは、俺が頼んだ調査結果だとすぐにわかる。文字を目で追っていると、彼は声を潜めて言った。

「ここ半年以内にルウェスト薬師長と面談した貴族のリストです。病状についてはあくまで推定ですが、半分くらいの者はガードが固くて使用人や親族からも情報が集まりませんでした」

高位貴族の健康状況は、最重要といっていいくらい秘匿される情報だ。

金と権力を使ってどうでもいいような相談をする者もいるが、ルウェスト薬師長を頼るとなればすでに状態が悪化していることも多い。

「このミリア・マークス辺境伯夫人なんて、表向きは蕁麻疹での相談ですが実際には何らかの毒を盛られたことで症状が出たのだと思われます。ここは今、愛人と夫人がとっても揉《も》めていますんで」

「物騒な話だな。当主の女好きは俺の耳に入っている」

話しながら、グランジェークは視線を動かし続けた。

途中、一人だけ不自然な名前を見つけてかすかに眉根を寄せる。

「気づかれました？　おかしいですよね」

「何者だ？　このマリナ・ハークス子爵令嬢とは」

ルウェスト薬師長は、宮廷薬師のトップだ。しかも、この国の叡智《えいち》と名高い。

子爵令嬢が、いくら金を積んだところで調合を依頼できることはないはずだった。

「おそらく代理です。マリナ・ハークス子爵令嬢は、第三王女殿下付きのメイドとして働いています」

グランジェークは、今日挨拶したばかりの王族の面々を思い浮かべる。

儚《はかな》げで穏やかそうに微笑むステシア第三王女は、王族の中でも穏やかな気性で人当たりがいいと評判だ。

「用件は不明か……」

「はい。子爵令嬢が情報を秘匿できるわけがありませんので、調べて何も出なかったのはただのお使いの可能性もあります。または、薬師長に会っていたのは王女殿下自身だったのか、という想像もできますね」

証拠がないので、あくまで可能性の話しかできないのがもどかしい。

ただ、もしも王女がルウェスト薬師長に記憶を操作する薬を依頼したのだとしたら、一体誰に使うつもりだったのか？

「自分のことを忘れさせたかった？　もしくは自分自身が何か忘れたいことがあった？」

誰かに自分のことを忘れさせるためだったとして、自分は隣国に嫁ぐ身だから問題ない。またその逆も。だが、シュゼットに飲ませる理由がわからない。

薬の効果を確認したかった？

それならば、紅茶に混ぜて飲ませるよりもきちんとした検証を行った方がいいはずだ。

「ちなみに、グラン様はステシア王女殿下と接点は？」

「ない」

お互いに存在を認識してはいるが、挨拶以上の言葉を交わしたことは一度もなかった。

リンクスは首を傾《かし》げて唸《うな》る。

「う〜ん、じゃあ依頼した人間と薬を盛った人間が別ってことですかね」

「そうかもしれないな」

王女が調合室に出入りするのはほぼ不可能だ。

王族の居住区は城の奥にある本棟で、王族がそこから自由に出ることは叶《かな》わないし調合室のある薬師塔への出入りを近衛が把握していないわけはない。

「このマリナ・ハークス子爵令嬢を調べてくれ。マルリカにも、第三王女に病歴がないか念のため確認を」

「かしこまりました」

念のためとは言ったものの、おそらくマルリカの方からは何も出ないだろう。何か病気でもあれば、政略結婚の話はなくなっているはずなのだから……。

グランジェークはすぐさま右手の人差し指に炎を灯《とも》し、リストを燃やす。灰色の煙がのぼり、瞬く間に消滅した。

「さて、舞踏会でちょっと情報取集でもしてきますかね。クソみたいな貴族に囲まれるのがオチかとは思いますが」

リンクスがそう言って軽く笑う。

「俺はシュゼのところへ戻る。随分と待たせてしまった」

「それは早く行かないといけませんね」

「何となくだが、シュゼの近くに男が近づいているような気がする……！」

「え、勘ですか？　普通に引きます」

顔を引き攣らせるリンクスを置いて、グランジェークは急いでホールへと戻った。

◆◆◆

王女様に声をかけられるなんて、私には予想外だった。「少し外へ出てみない？」と誘われるままにバルコニーへお供したものの、これまで社交らしい社交なんて行ってこなかったので王女様が好むような話題を見つけられない。

こういうときってどうすればいいの？

ステシア王女殿下の侍女たちは、少し離れたところで私たちを見守っている。

頬を撫《な》でる夜風は涼しいはずなのに、私はドキドキしてちょっと暑いようにも感じていた。

「ふふっ、そう緊張なさらないで？　ちょっとお話ししてみたかっただけよ？」

柔らかく微笑んだ彼女は、女性同士でも見惚れるくらいに美しい。まさに理想の王女様だ。

「陛下から魔法師団長様の話はよく耳にしていたの。寡黙で、でも任務は間違いなく遂行する頼もしい男性だって。先日ご結婚なさったというから、お相手はどんな女性かしらって思って声をかけたの」

「そ、それは光栄にございます……！」

魔法師団長の妻。社交の場では、やはりその肩書きは重いらしい。

今日はずっと好奇の視線を浴びているけれど、王女様にまで興味を持たれるなんて……！

「申し遅れました、シュゼット・クラークと申します」

「知っているわ。グランジェークが選んだ相手は、宮廷薬師の才媛だって有名ですもの」

噂だけが独り歩きし、グランジェーク様と私は大恋愛の末に結ばれたのだと女性たちの間で話題になっているらしい。

「これまでどんな見合い話を持ちかけられても頷《うなず》かなかった魔法師団長様の結婚ですもの、国王陛下でさえ貴女《あなた》のことを知りたがって、近衛や秘書官たちに尋ねていたのよ」

「そ、それは恐縮です」

結婚式でようやく二人の姿が揃《そろ》うと思っていた貴族たちも、一瞬でグランジェーク様が私を連れて邸《やしき》に戻っていたのでさらに話題性が上がってしまったそうだ。

何だか大変なことになっている……!?

こうして王女殿下にお声掛けいただくくらいに、注目を集めてしまっていることに愕然《がくぜん》とした。

私は困惑し、思わず目元を引き攣らせる。そんな様子を見て、ステシア王女はくすりと笑った。

「ふふっ、でも噂なんてすぐに収まるわ。皆、新しい物が好きだから」

「そう願います」

視線を落とし、息をつく私。

すると、ステシア王女殿下がじっと私を観察するように見てから言った。

「シュゼットさんは……今、幸せ？」

「え？」

唐突な質問に、私は目を瞬《しばたた》かせる。幸せかなんて考えたこともなかった。何せこちらは、記憶の一部が欠損しているのだ。返答にはちょっと困る。

いや、もちろん不幸ではない。それは言い切れる。

衣食住に困らず、仕事もあって、優しい夫までいる。どう考えても幸せなんだけれど、「私は今幸せだわ」なんて思いながら生きているわけではないので返答に困ってしまった。

「ごめんなさい、いいの。ちょっと聞いてみただけだから」

その瞳が少し寂しげで、なぜか妙に心に引っかかる。

王女殿下は、何か悩みがあるのかしら？　隣国の国王陛下に嫁ぐことに不安を持っている？

状況から見て、それは十分にあり得る。だって、隣国の国王陛下は王女殿下よりも十五も年上だ。

すでに正妃もいて、三人目の側妃として嫁ぐのだ。

国と国の懸け橋となるべく、ステシア王女殿下はその身を捧《ささ》げる。わかってはいるけれど、私ですら心配になるのだからご本人はどれほど不安を抱えていることだろう。

「あの、王女殿下……」

この方が欲する答えがわからない。

結婚したばかりの私から、何か肯定的な言葉を聞きたかった？

幸せか、と聞いたのはそういう気持ちがあったのかも……と想像する。

「――っ！」

「シュゼットさん？」

突然、頭の奥がズキンと痛む。

鋭い痛みに思わず目を細めた私を見て、ステシア王女殿下が少し眉根を寄せた。

頭に始まり、体の奥まで針で突き刺されるかのような鋭い痛みが一瞬にして走り抜ける。浮かんできたのは、ひどく曖昧な記憶。光が差す明るい場所で、涙を流す女性の姿だった。

『――んて、――ければよかった』

絞り出した声は悲しげで、その苦しみがありありと伝わってくる。

この人は誰？

ケープの下には淡いピンク色のドレス。フードを被《かぶ》っているから顔がよく見えない。どうにかして思い出そうとしていると、慌てた声に意識を呼び戻された。

「シュゼットさん？　シュゼットさん！」

「あ……」

すぐ目の前に、不安げに私を見つめる王女殿下がいた。

「どうかしたの？　もしかして体調がよくない？」

「いえ、その……もう大丈夫です」

痛みは一瞬だったのに、どうしてかひどく疲労を感じた。大丈夫ですと言ったものの、おそらく顔色も悪くなっているだろう。

王族に対し、自分から「もう帰りたい」とは言えない私の立場を察して、王女殿下はすぐに話を終わらせてくれる。

「ごめんなさい、私が呼び止めたばかりに。侍女と護衛にグランジェークを探してきてもらうように頼むわ」

「いえ、そこまでしていただかずとも……！」

そろそろグランジェーク様も戻って来てくれると思う。そんな風に探してもらって、大事になってしまったら申し訳ない。

ところが、私が言葉を続けるよりも先に背後から険しい声が投げかけられた。

「そこで何をしている？　ステシア」

振り向くと、そこには険しい顔つきの王太子殿下が立っていた。咎《とが》めるような雰囲気に、その場の空気が一瞬にして凍り付く。

王太子殿下の登場に、私を含め、離れた場所で待機していた侍女たちも一斉に頭を下げた。

彼はそれを一瞥《いちべつ》すると、右手を軽く上げて「よい」と告げる。私たちが頭を上げるのを待たずに、王太子殿下はツカツカとステシア王女殿下の前へ近づいた。

「こんなところで時間を使っている場合か。今すぐ戻り、大使の相手をするんだ」

「お兄様……。申し訳ございません」

目を伏せて謝罪をする王女殿下は、表情や態度に怯えすら窺える。

厳しい兄に委縮する妹、そんな関係性が伝わってきた。

王太子殿下は、若くして騎士団で指揮も執られ、今は国王陛下の代理として数々の国の外交官と渡り合う立派な方だと有名だ。人望も厚く、その清く正しいお考えは王族の鑑《かがみ》だとまで言われている。

でも、今この場で間近に感じる王太子殿下はとても恐ろしく見える。

調合室にはわりとのんびりした男性しかいないので私が慣れていないだけかもしれないが、その雰囲気の猛々《たけだけ》しさや厳しさがちょっと怖いように思えた。

「ん？　そなたはグランジェークの……」

「は、はい」

さきほどの挨拶で、顔を覚えられていたようだ。

「グランジェークは妻を置いて何をしているのだ？　困ったものだな」

眉尻を下げ、そんな風に言う王太子殿下は、妹君に対する態度とは違っていた。

でも王女殿下はすっかり委縮してしまって、俯《うつむ》いて黙り込んでいる。

「ステシア、王族としての自覚を持てといつも言っているだろう。縁談が決まればそれで終わりではない」

「はい……！　はい、そのように」

王太子殿下の苦言を受け止めるステシア王女。

見ているだけで胸が痛くなる光景だ。しかしそれは、王太子殿下の側近によって終わりを迎える。

「殿下、大使の元へまいりましょう」

声をかけたのは、殿下の側近のマーヴィン様だった。

宰相閣下のご次男で、使用人のみならず薬師や魔法使いの間でも『結婚したい男性ナンバーワン』だと誰かが言っていた。

艶やかな黒髪に透んだ緑色の瞳、中性的で柔らかな顔立ちは、優しそうな印象がある。

側近に宥《なだ》められた王太子殿下は、すぐに「あぁ」と返事をして踵《きびす》を返した。

「では、我らは務めに戻る」

私は慌てて一歩下がり、頭を下げる。

王太子殿下とステシア王女が私の前を通り過ぎ、二人は大使の待つホールへと向かっていった。

侍女たちも一斉にバルコニーから消え、ホールから聴こえてくる音楽だけがひっそりと流れる。

一人きりになった私は、王太子殿下の威圧感から解放されて「ふぅ」と息をついた。王族ならではの空気感はなかなかに強烈で、日ごろ薬師の仕事ばかりで社交慣れしていない私には緊張感のある時間だった。

それに、思いがけず頭痛がして何か思い出しかけた。

一瞬だけ浮かんだあの女性は誰だったのだろう？

『――んて、――ければよかった』

涙ながらに何かを嘆いていた人は、まさかステシア王女殿下なの……？

王女殿下なら、ルウェスト薬師長に調合を依頼することは十分に可能だ。

「シュゼ」

考え込んでいた私に、少し心配そうな声がかかる。

それは、グラスを手に戻ってきたグランジェーク様だった。


邸に戻ってきた私たちは、グランジェーク様の書斎で話をすることに。

煌びやかなドレスからシンプルな水色のワンピースに着替えたら、現実に戻ってきたという感じがしてホッとする。

茶色い革張りの椅子に座って脚を組むグランジェーク様も、濃紺のシャツにアイボリーのカーディガンを羽織り、黒いゆったりとしたズボンというプライベートモードで、こんな風にして過ごす時間が持てるのはやはり私たちは結婚したんだなとしみじみ思った。

「シュゼは温かいハーブティーでいい？」

「はい」

その洗練されたお姿をぼんやり眺めていたら、グランジェーク様から声をかけられて思わず反射的にはいと答えてしまう。

彼は「そんなにびっくりしなくても」と笑いながら立ち上がると、ロボットメイドが置いていったカートから茶器を取り、ハーブティーを淹《い》れてくれる。

「あっ、すみません……！　グランジェーク様にお茶を淹れさせるなんて！」

慌てて謝る私に、彼は穏やかな目を向けた。

「いいんだ。これは俺が好きでしていることだから」

テーブルの上にスッと置かれた、上品な白磁器のティーカップ。薄いピンク色のハーブティーからは、かすかに薔薇《ばら》の香りがした。

「どうぞ」

「ありがとうございます」

まるで私の世話をするのが楽しくて仕方がないみたいに、グランジェーク様は幸せそうに微笑む。

その顔を見ていると何だかドキドキして落ち着かなくなり、私は慌ててカップに視線を落とした。

グランジェーク様が笑うと私も嬉しいんだけれど、どうしてだか落ち着かない。

大事にしてもらっているのに、これ以上にないくらい優しくしてもらっているのに、どう反応していいかわからなくなる。

そっとカップに指をかけ、一口含む。口内から体の中に広がった温かさと優しい甘さに、知らず知らずのうちに体が冷えていたんだと気づいた。

「……おいしい」

時期的には冷たいお茶でもいいはずなのに、温かいお茶にしてくれたのはグランジェーク様の優しさだった。

本当に私のことをよく見ているんだ。

今日だけじゃない。グランジェーク様はずっと私のために……。

ちらりと横目に見ると、彼は美しい所作で同じハーブティーを飲んでいる。

私はどうしてこの人を忘れてしまったんだろう？　こんなにも、私を想《おも》ってくれているのに。

胸に切なさが込み上げる。

このままじゃいけない、いいはずがない。早く思い出を取り戻したい。

私は焦りに駆られる。

「グランジェーク様」

記憶を取り戻すために、舞踏会で起きたことを話さなければと思った。

カップを置いた私は姿勢を正して呼びかける。彼も同じようにまたカップを置き、私を見つめた。

「舞踏会でステシア王女殿下に声をかけられて、そのとき何かを思い出しかけました」

私は王女殿下に声をかけられたいきさつ、そして頭痛がして、泣いている女性のことが薄っすら思い浮かんだことを報告する。

「頭痛はすぐに治まったの？」

「はい、本当に少しだけでした」

「そうか、それならいい」

ホッとした様子のグランジェーク様は、一拍置いてから彼が入手した情報を教えてくれた。

「実は俺の方からも報告がある。ルウェスト薬師長に接触した貴族を調べていたんだが、その中にステシア王女殿下のメイドの名前があった」

「メイドの、ですか？」

「あぁ、専属メイドのマリナ・ハークス子爵令嬢だ」

その名に覚えがないのは、私が彼女のことを忘れているからだろうか？

ルウェスト薬師長に接触している人物で、調合室に薬を求めて訪れる人なら私が知らないはずはない。

「ルウェスト薬師長が、個人的に子爵令嬢と懇意にしているとは考えにくいですね」

「あぁ、あの変人……んんっ、個性的なルウェスト薬師長に限って交友関係が広いわけもない」

今さらっと変人って言いましたね!?

私は苦笑いで、聞かなかったことにする。

「俺の推測では、自分か誰かの記憶を操作したかった王女殿下が、ルウェスト薬師長に魔法薬を依頼したんだと思う」

グランジェーク様の言葉に、私は視線を落として考え込む。

「ルウェスト薬師長は、すべて知った上で依頼を受けた。となれば、それなりに魔法薬を作る正当な理由があったはずですよね」

地位とお金がある人からの依頼でも、倫理や人道に反するような依頼を師が受けるとは思えない。

つまり、王女殿下にはそれなりに筋の通った理由があったということだ。

「王女殿下は、私と初めて話すかのように声をかけてきました」

「――知っているんだろう。シュゼが魔法薬のせいで記憶の一部を失ったことを」

グランジェーク様の纏《まと》う空気が、少し険しくなる。その目はさっきまでと違い、恨みや憎しみを宿しているように感じられた。

「王女殿下は何を忘れたかったんでしょうか……?」

ふと思い出したのは、王女殿下が私に尋ねたあの質問。

『シュゼットさんは……今、幸せ？』

もしかすると、あの質問は王女殿下が幸せでないという状況から出た言葉だった？

まもなく隣国の王に嫁ぐ、美貌の姫。国のためにその身を捧げるというのは、庶民や貴族の間で美談として流れている。

『さすが王女様、愛国心のお強い方だ』

『きっと向こうでも幸せになれるだろう』

人々は、好き勝手に想像を巡らせている。でもあの寂しげな表情は、本当に納得しているようには思えない。

「王女は、記憶を失う魔法薬を結婚相手に飲ませたかったのだろうか？」

「隣国の王様にですか？」

王に魔法薬を飲ませ、正妃やほかの側妃のことを忘れさせたかった？

「あくまで可能性の話だから。それに、王女が嫁いだ途端に王が記憶を失うなんて事件が発生すれば、必ず疑いの目はステシア王女に向く。外交問題になるから、その可能性はほとんどないと思う」

自分が疑われるようなことはしない、か。

ここまで考えて、また振り出しに戻ってしまった。

「何にせよ、王女がかかわっていることがわかっただけ前に進んだ。あとは俺が動くから、シュゼはもう王女殿下にはかかわらないでほしい」

「えっ」

私が直接会って、話を聞き出すのはダメなんだろうか？

王族に会うなんて簡単ではないし、聞いたからといって素直にお心を打ち明けてくれるとも思えないけれど、それでもただ待っているだけというのは頷けない。

「私、早く記憶を取り戻したいです。グランジェーク様に全部任せて待っているだけなんて……」

おまえに何ができると言われたら、もうそれは黙るしかない。

でも、自分のことなんだから私にできることをやりたい。

グランジェーク様は困った顔で私を見つめる。

「シュゼが心配なんだ。シュゼが次に王女に会ったときに、頭痛だけで済むとは限らない」

無理に記憶を呼び戻そうとすれば、また意識を失って眠り続けるかもしれない。それどころか、すべての記憶がなくなる可能性だってある。グランジェーク様はそれを恐れているようだった。

「これは俺の身勝手だとわかっているが、シュゼがまた倒れでもしたらと思うと心臓が潰れそうだ」

「グランジェーク様」

「この鬱屈した気分を少しでも発散したくて、誰かを潰したくなる」

「絶対にやめてくださいね!?」

関係ない人を巻き込まないでください!

あぁ、仄暗《ほのぐら》い目で遠くを見つめないで……!

「魔力をたくさん使って攻撃すると、本来は脳内で作れないセロトニンがごく微量だが生産されて精神安定が図れるらしい」

「医局長が研究している魔法使いの能力覚醒の論文ですよね? あれは『わりに合わない』って結論でしたよ!」

「ははっ、今なら国境の湿原に放り出されても無限に殺《や》れそうな気がする」

「グランジェーク様、ダメです！　楽しいことを考えましょう！」

私は慌てて彼のそばに寄り、その手に自分の両手を重ねてきゅっと握った。

どうにかして気持ちを落ち着かせてほしい、そんな願いを込めて彼を見つめる。

「ああ、そうです！　ルウェスト薬師長が、記憶を取り戻す魔法薬を作るために素材集めをがんばってくれています！　なので、一カ月もすれば薬で私の記憶は元に戻りますから、ね？」

明るい未来を考えようと、必死で訴えかける。でもグランジェーク様は、私の手を今度は逆に握り返して切なげに言った。

「シュゼのために俺も何かしたい。一カ月も待っていられない」

「そんな」

「君は安全な場所でただ笑っていてくれたらいい。大丈夫、返り血には慣れているから」

「何するつもりですか!?」

私はぎょっと目を見開き、危ないことはやめてくれと懇願する。

わかってくれたのかわかってくれていないのか、グランジェーク様は慌てる私を引き寄せ、自分の膝に座らせる。手を引かれるままにこうしてしまったものの、抱き締められるとグランジェーク様の匂いがして急激に緊張し始めた。

「あの、この体勢はちょっと……」

解放してくれないか、という願いを込めて口を開く。けれど、グランジェーク様はさらにぎゅっと腕の力を強めて笑った。

「しばらくこのままで。シュゼがここにいるって実感できて幸せなんだ」

「は、はい？」

大きく打ち続ける心音が聞こえていませんように。私は顔に熱が集まるのを感じながら、この状況に必死で耐えていた。

そして、数分後。あることに気づく。

「……………うまく丸め込もうとしていません？」

「ん？　気のせいだよ」

見つめ合う私たち。グランジェーク様は眉尻を下げ「困ったな」と呟いた。

【第五章】 隠されていた悪意

「あ、シュゼット！　ちょうどいいところに」

宮廷薬師のローブ姿で廊下を歩いていた私を、偶然通りかかったクラウディオが笑顔で呼び止めた。

その手には、透明のガラスケースを二つ持っている。

「どうしたの？　そんなに嬉《うれ》しそうな顔して」

首を傾《かし》げてそう尋ねれば、彼はにこりと笑ってそのガラスケースを私に見せた。

光沢のある赤い粒がいくつも入っている。

「これ、クランベリーに見えない？」

赤い実のほかにも葉っぱがところどころにあり、おいしそうなクランベリーだった。

「少し粉がまぶしてあるのは、お砂糖？」

クランベリーの砂糖がけだろうか、それとも果実に似せた飴《あめ》かな？

私がじっと見つめていると、クラウディオは弾んだ声音で答えをくれた。

「クランベリーに見える栄養剤なんだ」

「えっ、もしかしてあのまずい丸薬の？」

栄養素だけを詰め込んだ特製栄養剤。健康にはいいけれど、苦みがすごい丸薬が頭をよぎる。

調合師は私たちと違って味や形を調えることもあるが、まさかこのクランベリーにしか見えない粒が栄養剤だなんて……驚きで目を丸くする。

クラウディオは自慢げに笑って言った。

「亡者の森で採ってきた苺《いちご》の葉から抽出した成分を混ぜ込んだら、ちょっと甘酸っぱい味になったんだ。まだ少しだけれど、出来がいいから見てもらおうと思って」

「あなたって本当に器用ね」

これなら、小さい子でも気軽に口にできそう。熱や痛みで食事がむずかしいときでも、ポイっと口に入れれば栄養が取れる。

しかも見た目がかわいいから、警戒心なく食べられそうだ。

でも私はここで「ん？」と気づく。

「ねぇ、これって手作りよね？」

恐る恐る尋ねると、クラウディオは遠い目をして薄っすら笑みを浮かべる。

「そう。俺はこの数をコロコロコロコロ、コロコロコロコロコロと……」

労力がかかりすぎる！　想像しただけで大変な作業だった。

「まぁ、これは遊び心だから。薬草の納品が遅れて時間が空いたときに、ちょっとやってみただけだから」

「うん、がんばったね。すごいよ」

クラウディオはその二つのケースを私に預ける。

「グランジェーク様が連れてきたっていう、魔力持ちの子にあげてよ」

「え、いいの？」

苦労して作ったのに、彼はあっさりとプレゼントすると言う。

「アウレアから、『やせ細った姿が痛々しかった』って聞いてさ。試作品だし、商品化されることもない物だけれど、こういうのあったら子どもは嬉しいかなって」

「ありがとう！　きっと喜ぶわ！」

グランジェーク様からは、ジャレンくんは起きて歩くことができるまでに回復したと聞いている。まだ療養中のジャレンくんとの面会はその日の体調によるそうだけれど、オクトくんにだけでも会えないかと頼んでおいたので、これを持っていけばきっと喜ぶだろう。

「それじゃ」

「うん、またね」

私は二つのガラスケースを大切に持ち、残りの仕事を片づけようと調合室に戻っていく。

あの子たちの笑った顔を想像すると、自然に足取りが軽くなった。

そのとき、ガシャンと何かが割れる音がして私は驚いて足を止める。

「何……？」

茶色の大きな扉に、銀色のプレート。そこには、『副長室』と書かれている。

あぁ、またセブ副長が何かに八つ当たりしているのか、と直感した。

セブ副長は気が短く、お世辞にもいい上司とは言い難い。私が魔法薬を飲まされたこともなかったことにしようとしたし、侯爵家の出身でなければ副長にはなれなかっただろうと皆が口を揃《そろ》えて言っていた。

彼が物に当たったり、怒鳴り散らしたりするのはよくあることで、薬師はあまり接することがないから被害を免れているけれど、事務官たちはうんざりした様子だった。

私は眉根を寄せて、早くこの場を通り過ぎようとした。

しかしちょうどそのタイミングで、扉が開いて中から人が出てくる。

「失礼いたします」

大きな冊子をいくつか抱き締めるようにして抱えたフィオリーだった。その声音は明らかに沈んでいて、表情は曇っている。

ぱたんと扉が閉まるのを確認し、私は彼女に声をかけた。

「フィオリー？」

「あ……」

彼女は私を見て、力なく笑った。

これは相当に怒られたらしい。私たちは二人並んで歩き、調合室へと戻っていく。

「今度は何を言われたの？」

そう尋ねると、フィオリーは少し言いにくそうに話し始める。

「いつもとだいたい同じです……。各部門から上がってきた数字が在庫と合わないのに、セブ副長が見もせずにサインしちゃうから、手続きがおかしくなって……。それを報告に行ったら、『おまえが何とかしろ！』って」

「そんな理不尽な」

「私たちが確認したときは確かに合っていたんです。それなのに、おまえたちのせいだって」

「何それ、許せない」

もしかして、セブ副長が改ざんしている？

納入業者からお金でももらってるのかしら。私の頭にそんなことがよぎる。

「ミラ先輩に伝えて、監査部の協力を依頼しようと思っています」

フィオリーも同じことを考えていたらしく、すでに内部調査を依頼することに決めていた。

監査が入れば、こんな状態もマシになるかな？　事態が改善されることを願うしかない。

「あの、それは？」

フィオリーが私の手にあったガラスケースを見て尋ねる。

クラウディオからもらったクランベリーもどきの栄養剤だと伝えると、彼女は興味津々でそれを見ていた。

「器用ですね、こんなものができるなんて」

何より根気がいる。私は、ここまで同じ作業をずっとやり続けるのはできない。

「これを、ジャレンくんとオクトくんにあげてって。クラウディオが」

「あの子たちにですか？」

「うん。順調に回復しているみたいで、そろそろ面会できるって聞いたの」

「そうですか」

沈んだ空気のままのフィオリーは、ぎゅっと冊子を抱き締めて呟《つぶや》く。

「あの子たちも、グランジェーク様に感謝するんでしょうね……。すごいですよね、魔法使いって」

「フィオリー？」

心ここにあらずという風に見えて、私はじっと彼女を見つめる。

何か悩みでもあるのだろうか？　セブ副長に理不尽に怒られたことが堪《こた》えている？

それとも、また別の悩みがある？

フィオリーはあまり自分の話をしないから、ストレスを溜《た》め込んでしまいそうで心配だった。アウレアも、引っ込み思案なフィオリーを気にかけていて、よく一緒に食事をしている。

「何か心配事とかある？　セブ副長のこと、私も一緒に……」

「いえ、大丈夫です。シュゼットさんはお忙しいんですから気にしないでください」

あははと笑ったその笑顔は、どうにも無理しているようにしか見えない。けれど、気にしないでと言った彼女の雰囲気はどちらかというと拒絶に近かった。

事務官には事務官の立場があるから、薬師が入るのはあまりよしとしないのかな。

強引についていくわけにもいかず、私は「何か手伝えることがあったら言ってね」と念押しだけして、その話は終わった。

その日の夕方。

「ねぇ、あなたまだいたの？」

調合中の薬品の色が変わるのを無心で見つめていた私は、アウレアの声ではっと我に返った。

しまった。夢中になりすぎて、時間を忘れていた。

「私とシュゼットで最後なんだけれど」

「えっ！　もうそんな時間なの!?」

慌てる私を見て、アウレアは呆《あき》れていた。

「今日はあの子たちに会いに行くって言ってなかった？」

「そうなの！　ああっ、今ならまだ面会時間に間に合うよね!?」

私はそう言いながら、必死で後片付けをする。熱した薬品は冷却ポットに流し込んで一気に冷まし、瓶に注いだらラベルを貼って明日の昼に鑑定する予定の時刻を書き込む。

途中まではきちんと時間を見ていたはずなのに、私ったらなぜ次の薬を作り始めてしまったの？

夢中になると時間を忘れるのは昔からで、祖父によく注意されていたのに……！

「戸締まりはやっておくから」

「ありがとう、アウレア！　また明日ね！」

ふんと高圧的な態度でありながらも、戸締まりはやってくれるという優しいアウレア。

私は彼女に感謝して、慌てて荷物をかき集めたらバタバタと忙《せわ》しなく駆け出して調合室を出た。

廊下にはすでに誰もおらず、事務官たちも全員帰ったみたい。

ジャレンくんとオクトくん、新しい生活に戸惑っていないかな？　おいしいものを食べて、ゆっくり寝られているかな？

医師やメイドも付き添っているというから心配はないらしいけれど、私はあの子たちのことが心配で、速足で魔法師団へと向かった——はずだった。

「あっ！」

階段を下りようとしたとき、私は忘れ物に気づく。私ったら、クラウディオから預かったクランベリー風の栄養剤を持って出るのを忘れている。

忘れ物をするなんてめったにないのに、こんなに急いでいるときに限ってこれだ。運が悪い。

思いっきり顔を顰《しか》め、今通ったばかりの廊下を急いで戻った。

調合室の前に到着すると、自分の失敗にため息を漏らしながら扉を開ける。

しんと静まり返った部屋の中は、薬草のスッとした香りが漂っていた。今日は誰かが塗り薬を作ったんだなぁと何となくそんなことを思い、スタスタと歩いて自席へと向かう。

「あれ？　アウレア？」

私の席の前には、長い金髪をハーフアップにした見慣れた後ろ姿があった。

さっき私を呼びに来てからしばらく経《た》つのに、まだここにいたんだ。

不思議に思った私は、きょとんとした顔で声をかける。

「どうしたの？」

尋ねた直後に、バサッと本が落ちるような音がした。

私の声に驚いたアウレアがビクッと大きく肩を揺らし、その手に持っていたものを落としてしまったらしい。

彼女の足元に視線を向けると、そこには茶色の革の手帳が一冊落ちていた。

表紙の真ん中には、ひし形の青い宝石がついているのが見える。

「私の記録帳……？」

見覚えがある。ありすぎる。

ずっと大事に使ってきたものだ。そしてこれは、盗まれたはず。

「あ……」

アウレアは、慌てて記録帳を拾い上げる。そして、両手でそれを持ったまま困った顔で俯《うつむ》いていた。

私は彼女の正面に回り込んで向かい合うと、その手から記録帳をそっと引き抜く。

「……………」

どうして何も言ってくれないの？

しばらく彼女の言葉を待ってみたものの、アウレアは眉根を寄せ、変わらず下を向いて黙り込むばかりだった。

「ねぇ、アウレア」

これは、私が魔法薬を飲まされたときになくなった。犯人が持ち去ったはずだ。念のため、復帰してからあちこち探してみたけれど、今の今まで見つかることはなかった。

アウレアが持っていたなんて思いもしなかった。

私は俯く彼女を見て、真剣な顔で言った。

「これ、どこで拾ったの？」

「え……？」

二人の間に沈黙が落ちる。

アウレアは顔を上げ、目を見開いて唖然《あぜん》としていた。普段のアウレアなら絶対にしない気の抜けた顔というか、信じられないものを見るような目で私を見ている。

「いや、だからどこでこれを見つけたのか教えてほしいんだけど……アウレア？」

聞こえていない？　首をやや傾げながら、もう一度尋ねてみる。

が、彼女は大きく息を吸い込んで興奮気味に捲《まく》し立てた。

「はぁぁ⁉　拾ったって何⁉　あなた、この状況でどうして私がこれを拾ったと思うわけ⁉　信じられない、何なの⁉　普通は私が盗んだと思うでしょう⁉」

アウレアの剣幕に、私の方がちょっと気圧《けお》されてしまう。

「どうしてって言われてもアウレアが私の記録帳を盗むわけないし、拾ったから返しに来たんじゃないかってそう思ったんだけれど」

彼女にはプライドがあるから、私に魔法薬を盛ったり、記録帳を盗んだりするわけがない。

「記録帳は薬師の宝よ！　どうしてそう平然としているわけ!?　私がこれを魔法使いに頼んで開けさせて、あなたの研究を根こそぎ奪ってやろうって企んでいるかもしれないでしょう!?」

「いや～、それはないかなぁ」

「どうしてよ！」

「アウレアだから」

きっぱりと言い切る。

アウレアは右手で額を押さえ、心底ショックを受けているという風によろめいた。

「……これだからシュゼットは嫌なのよ。まるで私が間違っているみたいじゃないの」

そんなことを言われても、私は困って苦笑いを浮かべた。

「で、記録帳はどこで拾ったの？　これは返してもらっていいのよね？」

アウレアは、自分が盗んだと思われたくなくてこっそり返しにきたんじゃないかな。

うん、それが一番考えられるパターンだ。

私は久々に戻ってきた記録帳を胸に抱き、「よかった」と笑みを浮かべる。

するとアウレアは、何か言いにくそうな顔で私を見た。

「お願い。このこと、誰にも言わないで」

「どうして？」

まだ疑われると不安を抱いている？

それは理解できるけれど、自分が無関係ならなおさらきちんと説明してくれないと……。

「これは盗まれたんでしょう？　私は盗んでいない、でも、その、問題にしたくないの」

どういうことなんだろう？

言葉を選ぶそぶりを見せるアウレアを見ていたら、私はふと気づいた。

「盗んだ人に心当たりがあるってこと？」

「……」

アウレアは、返事をしなかった。

つまり、そういうことなんだろう。

私は困ってしまった。記録帳が見つかったのに、それを黙っているわけにはいかない。

「誰にも言わないで、っていうのは無理だよ」

アウレアが泣きそうな顔になるのを見ていると胸が痛んだ。

「ごめん、アウレア。これは報告しないと……というより多分もう聞こえてるからごまかせないよ」

「聞こえてる？」

アウレアが眉根を寄せてそう言った。

私は左手につけている腕輪に視線を向け、その向こうにいる人に声をかけてみる。

「グランジェーク様？　聞こえているんですよね？」

「…………」

再び、室内には静寂が訪れる。でもすぐに、返事は寄こされた。

『あぁ、聞こえている』

やっぱり。この腕輪は、ここの会話をグランジェーク様に届けている。

二十四時間作動しているわけじゃないとは思うけれど、彼の能力ならばできなくはないなって思っていたのだ。

『いつから気づいていたの?』

腕輪から、少し動揺した声が聞こえてくる。ちょっと乱れた音声で、リンクスさんの「グラン様?」という声もかすかに聞こえた。

「おかしいなと思っていたんです。グランジェーク様が椅子に座ったまま寝落ちするほど疲れているなんて。だから、もしかしてずっと魔力を使い続けているんじゃないかなと……。それでその原因は腕輪かなって」

心配症のグランジェーク様が、何重にも対策をしていないはずはなくて。きっと私を守るために、できることは全部やっているんじゃないかって思ったのだ。

いや、さすがに半信半疑だったけれど……。

『歩いてそっちに向かう』

グランジェーク様は、気まずそうだった。

私は別に怒っていないし、状況が状況なので仕方ないと思うのに、すごく気まずそうだった。

「あなたたちどういう夫婦関係なの?」

あぁ、私が魔法薬を盛られたことを知らないアウレアは『ただ盗聴されている妻』だと勘違いして顔を引き攣《つ》らせている。

どうしよう。グランジェーク様のイメージが……！

でも今はそんなことを言っている場合ではない。

私はアウレアに向かって再び頼んだ。

「お願いだから、本当のことを話してくれない？」

彼女はぐっと言葉に詰まり、唇を噛《か》み締めて俯いていた。


心地よい風に澄みきった青い空。

ベンチに座る私は、昨日の出来事が嘘みたいに平和な時間を過ごしている。

「シュゼットさん、見て見て！」

遊んでいるオクトくんが振り返ってそう言った。

魔法師団にいるロボットメイドが、その手から七色に輝くシャボン玉を噴射する様子を見て、オクトくんとジャレンくんが笑っている。

ジャレンくんはまだ車いすだけれど、頬は明らかにふっくらしていて顔色もいい。おいしいものを食べて、ゆっくり休むことで随分と回復していた。

「すごいね、きれいね！」

乳母機能を搭載したロボットメイドは、ここへやってきたジャレンくんたちのために用意された新型らしい。お世話機能や見守り機能、防犯機能などを備えている。

「そろそろ検査の時間よ。戻っておやつを食べながら、計測をしましょう」

「はぁい」

マルリカさんに声をかけられ、ジャレンくんは少し残念そうに返事をする。

車いすを押すロボットメイドに連れられ、彼はマルリカさんと共に建物の中へ入っていった。

「またね、お姉ちゃん！」

「うん、またね！」

私は笑顔で手を振り、ジャレンくんを見送った。まだ健康とはいえない状態だから、外に出られるのは一回につき一時間程度と短い。喜怒哀楽の感情の振り幅が大きくなるのは、傷ついた魔力器官に影響があるらしく、たとえ喜びの感情でも今はあまり刺激を与えない方がいいとマルリカさんから聞いた。

ジャレンくんが戻っていくと、私の隣にオクトくんがそっと腰を下ろす。

「これ、ありがとう」

「うん。今度またジャレンくんが元気になったら、これを作った人を連れてくるわね」

ガラスケースに入ったクランベリー風の栄養剤。物珍しさに、二人とも喜んでいた。

「何か不自由はない？　心配なことがあれば、一緒に解決策を考えるわ」

いきなり魔法師団に来て、まだ慣れない日々が続いているはず。生活物資に不自由はないだろうけれど、それでも不安は必ずあると思う。

私にできることは少ないとはいえ、この子たちがまた心から笑える日がくるまでサポートしたいと思った。

私の問いかけに、オクトくんは「大丈夫」と言って笑う。

「ここは何でも揃っているし、部屋だって広くて清潔で、ジャレンの治療もしてもらえて……。僕は勉強も始められました」

「勉強も？」

「はい、いずれ魔法使い幹部の従者か秘書官にって、リンクスさんが言ってくれたんです」

オクトくんは健康だから、何もしないよりは……と始めた勉強だった。魔法使いの世界のしきたりや作法は彼にとって新しく、しかも将来は弟が進む世界なのだから自然に興味が湧いてきたと話す。

無理しているようには見えず、本当に楽しんで勉強しているんだなとわかりホッとした。

「なりたいものができたら、嬉しいよね」

「はい」

私は自分が薬師になろうと思ったときのことを思い出す。

祖父と一緒に薬草園の世話をするのが楽しくて、その話に耳を傾けて、だんだん薬草や魔法薬のことが好きになった。最初はただ、祖父と一緒にいたかっただけなのに。

オクトくんを見ていると、未来はまだまだ変えられるんだなと実感する。

「でもわからないことがたくさんあって困っています。僕はお兄ちゃんだから、ジャレンよりいっぱい知っていなきゃいけないのに」

兄のプライドというものなのかな？

照れ笑いを浮かべつつ、オクトくんは言った。

「大人になったとき、かっこ悪いじゃないですか？　お兄ちゃんが弟の世話になるなんて」

「ふふっ」

「しっかりしなきゃって、かっこつけているだけなのかな。僕」

オクトくんは、自分も大変なのに弟のことを心配してずっと「お兄ちゃん」だ。

微笑ましくもあり、もっと周囲に頼ってほしいと思う気持ちもあり……でも今は彼を応援したかった。

「十分かっこいいよ。立派なお兄ちゃんだよ」

「へへっ、そうだといいんですけれど」

ここでオクトくんも、そろそろ部屋に戻ると言う。

検査が終わればおやつを食べられるが、そのときに自分が席を外しているとジャレンくんが食べないらしい。

弟は弟なりに、兄を心配しているのかもしれない。

「また来てくれますか？」

去り際、彼は遠慮がちにそう尋ねる。

私は笑顔で答えた。

「もちろん。また来るわ」

オクトくんは嬉しそうな顔に変わり、手を振って走っていった。

私も手を振り返し、彼の姿が見えなくなるまで見送る。

「私もがんばらなきゃ」

二人に会って、私の方が勇気づけられた。

一人になると、昨日のアウレアの落ち込んだ姿が思い出される。

夕べはあれから、グランジェーク様とリンクスさんが調合室にやってきた。

アウレアは結局何も話してくれず、魔法師団の監視下で自宅謹慎という決断を下された。

今日も彼女は、邸《やしき》の部屋にいるだろう。アウレアが何も悪いことをしていないのはわかっていて、ただ記録帳を奪った犯人を庇《かば》いたいだけ。長い付き合いだもの、それくらいはわかる。

そして、アウレアが謹慎を受け入れてまで守る人物は一人しかいない。

どうしてこんなことに？

私は何を間違えた？

いつから私は、魔法薬を盛られるほどに恨まれていたの？　何もわからない。

本当に思い当たる節がない。もやもやは溜まる一方で、今すぐこの場で泣き叫んでしまえたらどれほどいいかと思った。でもそんなことはできず、青い空を見上げてぎゅっと拳を握り締める。

「しっかりしなきゃ」

何もかもなかったことにはできない。

そこへ、魔法師団の建物からゆっくりと近づいてくる人影が見える。

紫色のローブを纏《まと》った美しい人。彼は私の前までやってくると、控えめに笑って言った。

「シュゼ、もう面会はいいのか？」

「はい。グランジェーク様こそ、訓練は終了ですか？」

「あぁ。どうしても片づけないといけない仕事は終わった」

見つめ合うと、急に会話が思い浮かばなくなる。何か言わなきゃと思えば思うほど、苦笑いで目を逸《そ》らすことしかできなかった。

「無理しなくていい。俺しかいない」

「――っ」

大きな右手が私の肩にそっと置かれ、そのまま引き寄せられる。長い腕に包み込まれ、抱き締められればポロポロと涙が零《こぼ》れ落ちた。

漏れ出すのは、やり場のない悲しみ。グランジェーク様はただ優しく背中を撫《な》でてくれていた。

「私、そんなに嫌われるようなことしたんでしょうか……?」

何が正しくて、何が間違っていたのかわからない。ただただつらくて哀《かな》しい。

心の中がどんどん暗闇に侵されていって、何もかもが嫌になって、すべてを放棄してしまいたい。

グランジェーク様がこうして抱き締めてくれていることが、唯一の救いだった。

彼は私の顔を見下ろし、指で涙を拭うと静かに尋ねる。

「あとは俺が全部片づけようか?」

紫色の瞳は、心配そうに揺れている。

私は大きく息をついてから、少しだけ微笑《ほほえ》んで言った。

「いえ、私は、泣き寝入りは嫌です」

涙は止まらないものの、逃げるのは嫌だった。

グランジェーク様は「そうか」とだけ言い、困ったように笑う。

私は彼のローブをぎゅっと握り締めて言った。

「一緒にいてくれますか?」

私はずるいから、グランジェーク様が絶対に断らないって知っていて問いかける。

彼は私の予想通り、さらりと返事をした。

「俺のすべてはシュゼのものだ」

つい笑ってしまうくらい、愛が重い。目を閉じると、睫毛《まつげ》についた涙の雫《しずく》がはらりと落ちた。


カツカツと廊下を歩く足音が聞こえてくる。

私は休憩室で一人掛けの椅子に座り、薬草の仕入れリストに目を通していた。足音が近づいてきて、扉をノックする音がする。

「どうぞ」

私がそう言うと、左手に魔法薬のリストのファイルを持ったフィオリーが顔を覗《のぞ》かせた。

「お疲れ様です。こちらが、アウレア様がまとめていた途中のリストです」

「ありがとう」

事務官としていつも通り仕事をこなす彼女は、私のそばにそのファイルを置いた。そして、何も言わずともそれを開き、私が欲しがっているページを示してくれた。

「ここからここ、それに最終ページのリストがまだ確認できていません」

「わかった。確認してサインしておくわ」

「はい、よろしくお願いします」

急に休むことになったアウレアは、表向きは体調不良である。

彼女の分の急ぎの仕事を私がすると言えば、フィオリーが手伝ってくれるのは普通のことだった。

私はフィオリーに座ってもらい、ロボットメイドが置いていったカートから茶器を取ってお茶を勧める。やや黄緑色の液体に、バニラの香りをつけた飾りが三つ沈んでいる。

これはアウレアと私が好きで、よく飲んでいるお茶だった。

「どうぞ?」

「いただきます」

フィオリーはかすかに微笑むと、カップに指をかける。私は彼女に向かって、昨日のことを話し始めた。

「昨日、アウレアから記録帳を返してもらったの」

「え?」

斜め前に座るフィオリーは、私を見て驚いた顔をした。

私は平静を装い、話し続ける。

「拾ったらしいわ。失《な》くしたと思っていたから安心した」

「そうですか……」

「アウレアったら、夜にこっそり返そうとしたのよ? 私がアウレアを疑うわけがないのに」

フィオリーを見るとその表情はほとんどなく、じっと紅茶のカップを見つめている。カップに指をかけたまま、動く様子はなかった。

沈黙が広がり、私の方が先に苦しくなった頃、はぁとため息をついたフィオリーはカップから手を離してこちらを見た。

「意外に意地悪ですね、シュゼットさん」

いつものフィオリーからは想像できないほど、はっきりとした物言い。その目も、おどおどして気弱な彼女のそれではなかった。

「内心、あっさり飲んだらどうしようって思っていたわ」

かまをかけるなんて大げさなものじゃなくて。フィオリーが言ったように、これは私からのささやかな意地悪だった。

私は自分の前にある紅茶を飲むと、フィオリーに向かって尋ねる。

「どうして私に魔法薬を飲ませたの？」

膝の上で握り締めた手が、かすかに震えている。この期に及んで「聞きたくない」とは言わないけれど、それでも面と向かって理由を聞くのは覚悟が必要だった。

フィオリーは私を見て、淡々と答える。

「嫌いだったから」

まるで、なんてことない話のように彼女は言った。

「だってシュゼットさん、私にないものを何でも持っていて腹が立ったんです」

薄ら笑いを浮かべるフィオリー。本当に私のことが嫌いなんだと伝わってくる。

ショックで悲しみと同じくらい虚《むな》しさがこみ上げて、そのせいで怒る気にはなれなかった。

「宮廷薬師としてルウェスト薬師長にも大事にされていて、先輩たちにもかわいがられていて、さらに魔法師団長様と結婚って……。身分も容姿も私と似たようなレベルなのに、なぜシュゼットさんだけこんなに幸せなのかって思ったら腹立たしくて」

悪びれる様子もなく語られる彼女の嫉妬心。そして最後には、とどめの一言が放たれた。

「ずっとずっと、いなくなってくれないかなって思っていました」

どうして笑顔でそんなことが言えるの？

私は震える声で彼女に伝える。

「魔法薬は、人を幸せにするためのものだって私は思ってる。自分より幸せそうに見える人を、傷つけるために使っていいものじゃない」

たとえ、私が何の不自由もなく、両親に愛されていた子ども時代を送っていたとしても。フィオリーに何があったかは知らないけれど、不幸比べをして、幸せな人を引きずり下ろすために魔法薬を使ってほしくなかった。

真剣に訴えかけた私に向かって、フィオリーは呟く。

「そういうところも嫌いなんですよ」

彼女には何を言っても届かない。そう感じた。

「なんで」

握り締めすぎた手が、白くなっている。爪が食い込んだ指先は薄っすら血が滲《にじ》んでいて、でも私は痛みなんて感じなかった。

「なんであの魔法薬だったの……？　あなたはどこで薬のことを知ったの？」

記録帳は、たとえ事務官であっても見ることはできない。

鍵を解除できたとしても、事務官のフィオリーが理解できるような言葉では記されていないのだ。

「なんでって、自分が作っている途中の薬で自分が実験台になるって面白いと思いません？」

「面白い……？」

「はい。作りかけを飲んだらどうなるのかなって、ただそれだけですよ」

本当にそんな理由？　私は疑いの目を彼女に向ける。しかしここで、フィオリーは椅子から立ち上がって私を見下ろした。

「私がやったってバレると思っていました。だから、もういいんです」

「フィオリー、何を……」

私も立ち上がり、不安げに彼女を見つめる。

「大嫌い」

一瞬、思い出したのは魔法薬を飲んだ夜のこと。

そうだ。フィオリーが私に紅茶を淹《い》れてくれて、私はそれを疑いなく口にして……。

飲んですぐ、頭痛がして倒れたんだ。

ぐらりと視界が揺らいだとき、フィオリーの顔が見えた。

『大嫌い』

憎しみの籠《こも》った目で、そう言われた。それからすぐに意識が途切れた。

今、目の前であのときと同じ言葉を聞き、ドクンと心臓が大きく跳ねる。

「あ……」

割れるように頭が痛い。ズキズキと次第にそれは大きくなり上半身がふらついた。

逃げなきゃ。

フィオリーは無表情で私を見下ろしていて、右手をスカートのポケットの中に入れる。そして、そこから何かを取り出そうとしたそのとき――――。

「これ以上、シュゼを傷つけさせない」

私たちの間に強い風が巻き起こり、フィオリーは吹き飛ばされて壁にぶつかる。

突然現れたグランジェーク様は、よろめいた私を左手で支えるとフィオリーを睨《にら》みつけていた。

ジュッという音がして、彼女の右手から白い煙が上がっているのが見える。落とした小瓶はフタが欠けていて、中の液体がフィオリーの手にかかっていた。

「きゃあああ‼　あああああ！」

「フィオリー⁉」

「すぐに治療を！」

慌てて駆け寄ろうとした私は、座り込んで苦しむフィオリーの視線にゾクリとして足が止まる。

「いらない……あなたの助けなんていらない」

乱れた髪が顔にかかり、その隙間から険しい目が向けられている。

憎悪すら感じるその目は、私の知っているフィオリーじゃなかった。

「いっそ殺して……。そうすれば忘れられない。ははははは……私だって特別になりたかった。グランジェーク様の特別に」

その言葉に、グランジェーク様が眉根を寄せる。

「私だってグラン様って呼びたかった。一番近くで優しい声をかけられたかった。名前を憶《おぼ》えてもらいたかった……！」

心の底からの渇望。フィオリーは、涙ながらにグランジェーク様に訴えかけた。

「どうして私じゃないの……？」

わぁっと声を上げて泣き崩れるフィオリーは、床に蹲《うずくま》ってずっと嘆き続けていた。

ぼんやりと白んだ視界。アイボリーの天井が見え、自分が仰向《あおむ》けで眠っていることに気づく。

「ん……？」

「シュゼ、目が覚めたか？」

いつかと同じ光景。

医局で眠る私のそばにいたのは、安堵《あんど》した顔のグランジェーク様だった。

「私……？」

ゆっくりと上半身を起こすと、彼はそれを優しい手つきで手伝ってくれる。何もかもがデジャブみたいで、私は長い夢を見ていたのかと思ってしまった。

「あの後、頭痛がすると言って気を失ったんだ。マルリカに診てもらったら、ただ眠っているだけだから今のところは心配ないと」

グランジェーク様によれば、あれから三時間ほど経っているという。

また何日も経っていなくてよかった……！

グラスに注がれた水を自分で飲んだ後、人心地ついてから現在の状況を尋ねた。

「あの、フィオリーは？」

「魔法師団の監視付きで『白の塔』にいる。貴族令嬢を一般用の牢《ろう》には投獄できないから」

白の塔は貴族専用で、何かしら問題のある人物や疑いがある人物を監視するために作られた塔だ。

外からの情報はすべて遮断され、牢よりはマシだが事実上の投獄に近いものだと聞く。

フィオリーは魔力がないから暴れる心配はないものの、随分と混乱していてずっと独り言を呟いていると知らされた。

「アウレアには、リンクスからすべて話した。シュゼットが倒れたのは過労ではなく、魔法薬を盛られてのことだった、と。それを聞いたら記録帳のことをすぐに話してくれたらしい」

「驚いたでしょうね、アウレア」

フィオリーが私に魔法薬を飲ませ、私はそのせいでグランジェーク様との思い出を失った。

説明を聞いたアウレアはかなり動揺していたらしいが、それでも自分に起こった出来事をきちんと話してくれたそうだ。

「アウレアが言うには、伯爵邸に手紙と記録帳が届いたらしい。手紙には差出人は書かれていなかったが、『あなたを応援しています』というメッセージがあって、それで『フィオリーが自分のためにシュゼットの記録帳を盗んだのでは？』と思い込んだらしい」

当然、アウレアはフィオリーが善意から過ちを犯したと思った。それでこっそり記録帳を返却しようとして、見つかったときに「黙っていてくれ」と頼んだのだ。

アウレアは、フィオリーの犯したことに巻き込まれただけの被害者だった。

「フィオリーは、アウレアに罪をかぶせるつもりだったんですよね？」

私の問いかけに、グランジェーク様は「どうだろうな」と答えた。

「今、フィオリーはまともに話ができる状態ではない。尋問もできないから、彼女の真意はわからない。それに、話せたとしても本当のことを白状するとは限らない」

ここで私は、フィオリーが泣きながら叫んでいた言葉を思い出す。

『私だってグラン様って呼びたかった。一番近くで優しい声をかけられたかった。名前を憶えてもらいたかった……！』

『どうして私じゃないの……？』

いつからだろう？　いつから、フィオリーはグランジェーク様を想《おも》っていたんだろうか？

そんな雰囲気もそぶりもまったくなくて、私は何も知らなかった。

逆恨みだってわかってはいるけれど、一体彼女はどんな気持ちで私とグランジェーク様を見ていたんだろう。

予想もしていなかった片想いに気が滅入る。

「すまない」

「え……？」

なぜグランジェーク様が謝るのか、私はいつのまにか下を向いていた顔をパッと上げて彼を見る。

「俺がフィオリーの気持ちに気づいていたら、こんなことにならなかった」

「そんな……！　いくら何でもそれは無理ですよ」

接点すらほとんどないのに、気づけという方が無理だ。

自分を責めるグランジェーク様を見ていると胸が痛くて、私は彼の手をぎゅっと握り締める。

「グランジェーク様も被害者です。仕方がなかったんですよ……！」

お願いだから、悲しい顔をしないでほしい。でもそこまで考えて、彼もまた同じ気持ちなのだと気づいた。

私が落ち込んでいると、グランジェーク様も悲しいのだ。

無言のまま、手を握り合った状態で時間だけが過ぎていく。

たとえばこの先も、きっとまたグランジェーク様に憧れる人は現れるだろう。妻である私に敵意が向けられることも、きっとある。

そのときが来ても、私はグランジェーク様から離れようなんて思わない。離れたくない。

それだけははっきりとわかった。

ずっと一緒にいるために気持ちを強く持たなければ……と思っていると、グランジェーク様が低い声を発する。

「俺は、君を手放せない」

「はい」

「できることなら二十四時間一緒にいたいし、ずっと笑顔を見ていたい」

「……はい」

「毎日毎分毎秒かわいいシュゼをずっと抱き締めていられたらもういつでも死んでいいと思うのだが、俺がいなくなってほかの男が君の隣に座るかと思うとそれは許せない」

「……はい？」

だんだんと話がおかしな方向に向かっている。私は困惑し、目を瞬《しばたた》かせた。

彼は真剣な顔で、さらに言葉を続ける。

「俺はシュゼを愛している。世界で一番大事だ。これ以上どう伝えればこの気持ちは伝わるんだ？」

「知ってます、伝わってます！」

大真面目に告白され、私は一瞬で顔が真っ赤になった。握られた手は、指先まで熱い。けれど、その手は突然にパッと離された。

「グランジェーク様？」

何かあったのかと戸惑っていると、彼は少し寂しげに微笑む。

「フィオリーのことは、本当にすまなかった。俺のせいで君を危険な目に遭わせて……。せめて俺にできることをさせてくれ。君の記憶は俺が取り戻す」

「取り戻す、とは？」

一体何をするつもりなの？

質問しようとしたら、ふいに唇が重なった。

さらりと流れる銀髪が視界に広がる。

柔らかな唇の感触に、私はどこか懐かしいと思った。

キスが終わると、グランジェーク様は静かに告げる。

「いってくる」

私の髪を撫でた彼は立ち上がり、くるりと背を向けたと思ったらそのまま颯爽《さっそう》とローブを揺らして部屋を出ていった。

◆◆◆

静まり返った森の中。鬱蒼《うっそう》と生い茂る木々は風に煽《あお》られ、まるで意志があるかのようにその枝葉を揺らす。

見張りをしている魔法使いたちは、周囲に気と魔力を張り巡らせながら雑談を続けていた。

「ルウェスト薬師長って家族とかいるのかな？　あんな自由人、どうやったらついていけるんだよ」

苦笑いでそう話す若い魔法使いは、半年ほど前に辺境から異動してきたばかり。

自由奔放な薬師長の護衛になるのは初めてで、その言動に戸惑っていた。

その相棒であるもう一人の魔法使いは王都育ちの男爵令息で、ルウェスト薬師長の護衛を務めて早五年。さほど驚くこともなくなったが、今回のように突然「採取を延長しまーす」と言われるのはさすがにつらかった。

だが、宮廷薬師のトップに逆らえるわけもなく現在に至る。

「家族はいないらしいよ。昔、結婚してたみたいだけれど」

「へ～。逃げられたのかな？」

「どうだろうな。まぁ貴族なんて政略結婚が多いから、離婚はせずに妻子は領地で別居……とかそういう人もいるしな」

ほー、と相槌《あいづち》を打つ魔法使いは、眠そうな目をこすって話題を変えた。

「そういえば見送りにいた、あの背の低い薬師の子……かわいかったよね」

「ん？　あぁ、ルウェスト薬師長の弟子か？」

二人の記憶には、見送りの際にあれこれ薬師長に話しかけて確認事項をおさらいするシュゼットの姿が浮かぶ。

「薬師長の年の離れた恋人に見えなくもないよな。俺もあんなかわいい子と付き合いたい。もし彼女に恋人がいないならちょっと声かけてみようかな」

冗談めかして彼は笑う。

だが、それはすぐに止められた。

「やめろ、あの子はうちの団長の恋人だよ。あ、もう結婚したんだったか」

「えっ、グランジェーク様の？」

目を丸くする彼は心底「意外だ」という顔をした。

「絶対に手を出すなよ。話しかけたらその時点でおまえの命は尽きる」

「そんなバカな」

「いいか、冗談でもかわいいとか何とか口にするな。狙ってると思われてその瞬間に……」

バサバサと突然に大きな羽音がして、周囲に魔力の揺らぎが発生する。

二人は何事だと目を瞠《みは》り、すぐに攻撃魔法が放てるよう構えた。

――ザッ……。

暗闇に、人影がぼんやりと浮かぶ。

緊張でごくりと喉を鳴らし、身構えた二人の前に現れたのは、殺気立った目をした美貌の男だった。

「どこだ……？」

「ぎゃ――!」

恐怖で叫び声を上げる二人。仄暗《ほのぐら》い目をしたグランジェークは、亡霊のようにゆらりとそこに現れた。

「一角獣の変異種を探している五班の者だな？　ルウェスト薬師長はどこだ？」

空気がビリビリと振動するほどの魔力に、二人は絶句する。

一人は立ったまま気絶していて、もう一人は半泣きで直立していた。

そのとき、手に旧型のランプを持った薬師長が偶然にも姿を現す。

「あれ？　グランジェーク？　何してるんだい？」

呑気《のんき》な声に、グランジェークの放っていた魔力が霧散する。

二人はその場にドサッと膝をつき、ガクガクと震えていた。

グランジェークはルウェスト薬師長に近づくと、ギラギラとした目で用件を告げた。

「一角獣、俺が捕まえに来た」

「え？　いいのかい？」

嬉しそうなルウェスト薬師長に対し、グランジェークは黙って頷《うなず》く。

「俺が燃やす」

「燃やしちゃダメだよ。生け捕りにしないとツノの成分が抜けちゃうから。とりあえず、朝にならないと捕獲は無理だよ。だからまずは近況報告をしてくれないかい？」

困った子だなぁとルウェスト薬師長は笑っていた。

◆◆◆

グランジェークの人生は、人々が憧れる魔法師団長様の輝かしいイメージとはかけ離れていた。

『ごめんね、グランジェーク』

母に関する記憶は、そのたった一言だけ。

ずっと離れて暮らしていて、十二歳で再会したときひどく冷たい声音でそう言われたのを覚えていた。「ごめんね」と口にしながらも、悪いとはまったく思っていないような眼差《まなざ》しだった。

『すまないな、グラン』

父は、ことあるごとに息子であるグランジェークに謝っていた。

カーライル侯爵家は、二十代続く歴史の長い貴族家だ。

領地を守り、民の暮らしを守る。そんな貴族としての務めを代官に任せた父は、宮廷魔法使いとして任務についていた。親戚からは、「名家の当主がいつまで魔法使いなんてやっているんだ」とよく言われていた。

グランジェークの両親は、魔法師団で出会った。

母は伯爵家の四女で、魔法師団の文官だった。

二人はその当時の貴族としては珍しい恋愛結婚をした。かつては仲睦《なかむつ》まじい夫婦だったそうだ。

だが、結婚してまもなく一人の男児を授かったことで幸福な日々は崩れ始めた。

グランジェークが三歳のときに受けた魔力判定で、測定器を破壊するほどの魔力を保有することが判明した。その二日後には、魔法師団の庇護《ひご》下で専門の教師をつけて学ぶ環境が整えられた。

ところが、グランジェークはその教師たちにことごとく懐かなかった。

溢《あふ》れる魔力が制御できず、自分に取り入ろうとする大人たちを見て暴れまくった。

『どこかで隔離して、魔力制御を覚えさせなければ』

そう考えた父は、魔法師団の許可を得てすぐ息子を連れてソルデアという辺境に移住した。そこで魔法使いの英才教育を人知れず行うことに決めたのだ。

母は、息子の強すぎる魔力に当てられ体調を崩し、家族は王都とソルデアで離れて暮らすことに。

『すまない、グラン。でも、母さんにはまたすぐに会えるよ。グランの魔力が安定すればまた会えるから……』

父はそう言って謝っていた。

(謝るのは、家族が離れ離れになる原因を作った俺なのに)

魔力制御さえできるようになれば、また家族三人で一緒にいられる。子ども心にそんな願いを抱いていたが、それから九年もの間、一度も母に会うことはできなかった。

そして十二歳で魔法師団入りが決まりようやく再会できるとなったとき、母が別の男の妻になっていたことを知った。

離れて暮らすうちに、母は執事だった男と恋仲になっていたのだ。

数年前にそれを知った父は泣いて謝る母を責めることはせず、離婚届を書き、二人が暮らしに困らないように金と土地まで渡したというからお人好《よ》しがすぎる。

(俺のせいだ。俺が生まれてきたから、家族が壊れた)

すべてを知ったとき、とてつもない虚無感を抱いた。

『すまないな、グラン』

(なぜ父が謝るのか？　すべて俺のせいなのに……)

どうせならどこかに棄《す》ててくれればよかったのだ。自分で消える勇気もないくせに、こんな息子を見捨ててくれない父を少し恨んだ。

『俺さえいなければ……』

『グランが生まれなくても、私たちはいずれこうなったさ』

苦笑いする父だったが、その瞳の奥には物悲しさを宿していた。

父は、一人息子を愛していたのだろう。けれど、そこには常にどうしようもない虚しさや諦めも共存していたように思えた。

(俺は何のために生まれてきた？　すべてを焼き尽くす炎を出せたところで、結局何が残る？)

魔力制御は覚えたものの、精神の不安定さは続いていた。

『すまないな、グラン』

少し眉尻を下げ、謝る父の顔。謝られるたびに、グランジェークは「父のためにも立派にならなくては」と焦りを募らせていった。

(家族を壊した自分にできることは、父のために、父が誇れるような立派な魔法使いになることだけ)

王都で暮らし始めたグランジェークは自分の容姿が人に好まれることを知り、使えるものは何でも使ってやると最高の作り笑いも覚えた。

(父に、素晴らしい息子を持ててよかったと思ってほしい)

座学に実践、人が嫌がる任務にも早くから率先して手を上げ、グランジェークはどんどん昇格していった。

十四歳で父の階級を追い越し、十八歳では最年少で幹部候補に名を連ね、その後も順調に昇格して『次期魔法師団長』とまで言われるようになった。

だが、順調な日々は突然終わった。

父が任務中に亡くなったのだ。

国内でスパイ活動をしていた組織と戦いが発生し、父は偶然その場に居合わせ国を守るために応戦した。圧倒的に不利な状況下で、父は仲間を逃がし、救命活動に当たっていた医師たちを逃がし、自分は最後まで戦った。

『すまないな、グラン』

グランジェークが駆けつけたときにはすでに手遅れで、血に濡《ぬ》れた手で息子の手を掴《つか》むと静かに息を引き取った。

やはり最後まで、父は謝っていた。

(俺は間に合わなかった)

もう何もかもがどうでもよくて、でも染みついた生活を変えることもできず、毎日ただひたすらに任務を遂行した。

(この世界は、誰が死のうが生きようが、変わらず時は流れていく。だったら、俺だっていなくてもいいのでは?)

緩やかに死に向かう、そんな精神状態で一年が経った。

グランジェークは二十三歳になっていて、魔法使いとしての能力を評価された結果、最年少で魔法師団長になった。そんなときだった。

『薬師のシュゼット・クラークです』

銀の採掘場の拡張を目的とした遠征で、グランジェークはシュゼットに出会った。

珍しい薬草の群生地が近いということで、魔法使いに同行した宮廷薬師たちの中に彼女はいた。長い黒髪を一つに結い、慣れない遠征でも一生懸命明るく振る舞う。

未来に何の憂いもないような澄んだ瞳。仲間と笑い合い、師の後をついて歩いては真剣に質問をする。弟子の鑑《かがみ》、そんな彼女を見たとき最初は「あまり近づきたくないな」とすら思っていた。

(昔は俺も、あんな風に父の後ろをついて歩いていたのかもしれない)

そんなことを思い出させる存在だった。

なるべく近づかず、何か話をすることがあっても『魔法師団長』として偽善的な笑みを向け、会話は必要最低限だけ。グランジェークはシュゼットに対し、そんな風に接していた。

ところが遠征に出て三日後、事件が起きる。

隣国との国境にある鉱山は、向こうの国にとっても喉から手が出るほどに欲しいものだ。採掘場の拡大をよく思わない者たちに襲撃を受け、部下の一部がケガを負った。

採取していた薬師も数人、軽傷を負っていた。

グランジェークは単身で敵を追い詰め、容赦なく捕縛していく。始末してもいいかと思っていたが、隣国との関係性を吐かせるまでは殺すなとリンクスらに言われたから、仕方なくそうしていた。

彼らのうち、リーダー格の男を追い詰めたとき、異変は起きた。

『ご立派な魔法使い様にはわからねぇだろうな。俺たちにも子どもがいて、ここを奪わなきゃ暮らしていけねぇんだ』

追い詰められた人間が、家族の話で同情を誘うのはよくある手だ。

グランジェークは無言で彼に近づき、その意識を奪おうとする。しかし、殺されると思った男は言った。

『化け物。おまえは人間じゃない』

気づいたら、一面が火の海だった。精神崩壊状態に陥ったグランジェークの魔力が、炎に変わり放出されていた。

(俺はとうとう壊れたんだな)

当然、目の前にいたはずの男は跡形もなくなっていて、この場で生きているのはグランジェークだけだった。

轟轟《ごうごう》と音を立てて燃え盛る炎に、「化け物はきちんと俺が片づけないと」と思う。

自嘲めいた笑みを浮かべながら、燃え上がる炎の中で自分自身が滅びるのを待った。

(これでいい。……本当に?)

死の間際、なぜかふとそんな疑問が浮かんだ。

(今さらなんだというのか？　やり残したことなどない)

急に意識を取り戻したグランジェークは、全身が火に包まれる痛みや苦しみを初めて感じた。

「がっ……!」

熱い。痛い。膝をつき倒れ込むと、辺りを覆っていた炎が一気に収束し始める。

魔力器官が壊れ始めた兆候だった。

炎が消え、焼け野原にたった一人。耐火耐水のはずの衣服が溶けた状態で皮膚に張り付き、視力と聴力が無事であることが奇跡だ。だが、もうすぐ自分は死ぬとわかる。

グランジェークは地面に仰向けで倒れた状態で、ぼんやりと青い空を眺めていた。

森を焼き尽くしても空は青い。当たり前のことなのに、やけにそれが美しく感じて見入っていた。

『大丈夫ですか⁉　しっかりしてください！』

緊迫した女性の声。

視線をわずかに動かすと、そこには膝をついて声をかけるシュゼットがいた。

『これはさすがに……！』

『アウレア、ちょっと荷物持ってて！』

シュゼットは荷物を漁《あさ》り、小瓶を取り出す。

水色の液体が入ったそれは、魔法薬のようだった。

黒焦げの見知らぬ魔法使いにそれを使おうとしたシュゼットに対し、アウレアが慌てて制する。

『それ、形見の薬って言ってなかった⁉　こんな黒焦げの知らない人に使うつもり？』

『でもこの人を助けるにはこれを使うしかないよ』

膝の上にグランジェークの頭を乗せたシュゼットは、懸命に話しかける。

『これが飲めますか？　口を開けられます？』

グランジェークは彼女の善意を拒絶した。

『……いら、ない』

絞り出した声は、奇跡的に彼女に届いた。

『もう、いい。もう、何物にも、なれない』

(たとえこのケガが治ったところで、魔力器官はボロボロだ。今までのように魔法は使えない。もう、俺の存在価値はない)

だがシュゼットは、グランジェークが死ぬことを許さなかった。

『私はあなたが何物でなくても治したい』

彼女は迷いなく言った。

『生きて』

グランジェークは戸惑った。「何物でなくてもいい」だなんて、これまで誰も言ってくれなかったから。このとき生まれて初めてただの患者として平等に扱われた。

役割を求められず、ただ助けられる弱い存在になれた。

『ふんぐっ！　なんで⁉　どうしよう、フタが開かない！』

『はぁ⁉　何やってんのよ⁉　使うと決めたなら意地でもこじ開けなさいよ！』

二人のやりとりが遠ざかる意識の中で聞こえてくる。

『すみません、これ借ります！』

グランジェークの衣服の残骸から、何かを引きちぎる音がした。次に何か硬い物がぶつかる音がした直後に、口に強引に小瓶の先端が突っ込まれる。

『うっ！』

『がんばって！』

咽《む》せ返るほどの刺激臭は、毒かと思うくらいだった。

未《いま》だかつて味わったことのない苦みを感じ、ごくんっと喉が鳴る音もした。

魔法薬を飲むと次第に痛みが引いていき、意識はさらにぼんやりとし始める。

シュゼットは、患者の様子を見て安堵したように微笑んでいた。

（あぁ、そうか。俺が見ようとしなかっただけで、世の中にはきれいなものがたくさんあるのかもし

れない)
そんなことを思いながら瞼《まぶた》は閉じていった。
『こっちです！　要救助者一名、すぐに医師のもとへ運んでください！』
シュゼットが遠くに向かって懸命に叫んでいる。
バタバタと足音がして、男たちが何か返事をしながら応えていた。
(俺は助かってしまったのか)
目が覚めたら、彼女に会いたい。彼女のそばにいたい。
もう指一本動かせなくなっていたグランジェークは、そこで意識を手放した。

グランジェークが目を覚ましたのは、事件からひと月経ってからだった。

シュゼットが使った魔法薬〝星の雫〟のおかげで、体は数日で完全回復していたものの、魔力器官がボロボロで魔力が再生されず眠り続けていたらしい。

(俺は魔法使いとしてはもう役に立たない)

そう判断した医師がほとんどで、それでもグランジェークを治療したいと言ったのはマルリカだけだった。

『私のハイリスクな手術を受けてみない？　せっかくだから』

おかしな女だと思った。言動もおかしかったが、何よりこの状態から再び元に戻せると思っているところが一番おかしい。

傷ついた魔力器官を繋《つな》ぎ合わせるのは、死んだ方がマシだと思うくらいの苦痛が伴うと言う。その上、治る確率は極めて低いと聞いていた。

（魔法使いとしてしか生きてこなかった自分が、魔法を失ったらどうなるのか？）

ぼんやりと考えるも、まったく想像がつかなかった。

ベッドの上でふと頭に浮かんだのは、シュゼットのこと。元通りに治ったら、彼女は喜ぶだろうかと想像する。会いに行くと、勝手に決めた。

（そのときには、完全に元通りになっていたい）

彼女に無様なところは見せられない一心で、マルリカの実験台になることを決めた。

それから一年、表向きは『魔法師団長は特別な任務で不在』ということにしてもらい、地獄のようなリハビリ生活を送った。

マルリカの治療（人体実験）とルウェスト薬師長による特殊な回復薬で、以前の健康な状態に近づきつつあった。

『回復が早いなぁ』

『なぜ残念そうなんですか？』

薬師長室で、グランジェークは薬師長の診察を受けていた。

ルウェスト薬師長はせっかく回復してきたグランジェークを見て、「もっと色々な薬を試したかったのに」とでもいうような寂しげな顔をする。

マルリカ同様、彼もまたグランジェークの治療を面白がっていた。

『頭痛はどう？　睡眠薬が必要ならそれも混ぜるけれど』

『痛みはさほどありません。耐えられるので不要です』

『すごく良好な経過だね～』

『良好？　三カ月も毎日のように吐き続け、割れるような頭痛を乗り越えたと思ったら今度は全身が石のように重く感じ、その後は高熱で生死の境をさまよって、ようやくひと月前に歩けるようになったのだが？』

『良好だよ。二年は起き上がれないと予測していたんだから』

顔を引き攣らせるグランジェークを見ても、ルウェスト薬師長はずっと楽しそうだった。

グランジェークは気を取り直して尋ねる。

『シュゼット・クラーク子爵令嬢がここにいると聞いたのですが……貴重な薬を使ってもらいました。礼を言わせてください』

『う～ん』

ルウェスト薬師長は困った顔を見せる。

『グランジェークが精神崩壊状態になったのは軍事機密扱いだからね。シュゼットには、あれは魔法使いの見習いだったって伝えてあるんだ。黒焦げだったたし、誰もあれが君だって思わないからね。つまり、直接礼を言うことはできない』

もっともな理由だったが、グランジェークは食い下がった。

『では、部下を助けてもらった礼を言いたいというのは？』

『一応、筋は通ってるけど……』

『プロポーズの前に、どうしても感謝を伝えたくて』

『え？　なんでそうなったの？』

珍しく困惑するルウェスト薬師に、自分の想いを伝えた。

『彼女は俺の生きる希望です。彼女以外はあり得なくて、どうしても欲しいんです』

『一目惚《ひとめぼ》れしたってことかな？』

『いいえ、そんな安いものではなく……。こう、俺の全部を持っていかれたような』

『一目惚れだね』

『とにかく会いたくて堪《たま》らないのでここまで来ました』

『必死すぎて怖いよ。そもそもシュゼットは、「君」を助けたわけじゃない。患者を助けたんだ』

ルウェスト薬師長《この変人》から、ものすごくまともな言葉が出た。

（俺がおかしなことを言っているという自覚はある。だが、引くことはできない）

『無理強いはしないと約束します。だから会わせてください……！』

なりふり構わず懇願する様に、ついには向こうが折れた。

抱き着かない、襲わないと約束させられたが、そもそもそんな無体を働くつもりはなかった。

『シュゼットは、大人の落ち着いた男が好きだって言ってたな～』

『全力で演じます』

グランジェークは誓った。

シュゼットに好きになってもらえるよう、理想の男性像を演じると。

生まれてこの方、恋愛どころか他人と深く接してこなかったせいで、人間関係の構築というものがまるでわからない。でも、どうしてもシュゼットに近づきたかった。

数分後、師に呼ばれた彼女はグランジェークの目の前に現れた。

薬草ドリンクを持ってきてくれと師匠に言われ、ドス黒い液体の入ったボトルを持った彼女はやってきた。ルウェスト薬師長と一緒にいたグランジェークを見て、かすかに目を瞠る。

グランジェークは今すぐ抱き着きたい衝動をどうにか抑え、大人の落ち着いた男を気取って笑顔を浮かべた。

『こんにちは』

『お久しぶりです。珍しいですね、魔法師団長様がこちらにいらっしゃるなんて』

嬉しそうなシュゼットを見て、グランジェークはホッとした。

そして次の瞬間、彼女をじっと見つめたまま、心の中が大荒れになる。

(シュゼットがいる、シュゼットがいる、シュゼットがいる、シュゼットがいる、シュゼットがいる、シュゼットがいる、シュゼットがいる、シュゼットがいる……!)

『あの、どうかしました?』

あまりに見つめすぎたせいで、彼女は不思議そうに尋ねる。

ルウェスト薬師長は、グランジェークを見て呆れていた。

椅子から立ち上がり、シュゼットの正面に立つ。

『遠征で部下を助けてくれてありがとう。彼は君のおかげで完治した』

本当は、グランジェーク自身の感謝の気持ちを告げたかった。

でもそれはできず、これが今伝えられる最大限の感謝の言葉だった。

『本当にありがとう……!』

シュゼットは少し驚いていたが、すぐに笑顔を見せてくれた。

『治ったならよかったです。心配していたので安心しました』

かわいい。連れて帰りたい。

それ以上の会話は思い浮かばなかったが、ようやく礼を言えた事実に胸がいっぱいになる。

そのとき、シュゼットが呟くのが聞こえた。

『それ……』

『ん？』

彼女の視線が、グランジェークの胸元にあった。

（父の遺《のこ》したブローチがどうかしたんだろうか？　気づかないうちに欠けてしまって、そのまま修繕もせずにつけているからみっともなかったか？）

『あの……えっと』

シュゼットは何か言いたげに、そして言いにくそうなそぶりをする。

無言で見つめ合うこと数秒。彼女は諦めたように、「何でもありません」と言った。

薬師長室を出ていく間際、シュゼットはグランジェークを気遣う言葉を口にする。

『お忙しいと思いますが、どうかお体にお気をつけて』

心から労《いた》わるような目に、まさか気づかれたのかと心臓がドクンと大きく鳴った。

（できることなら直接礼を言いたいと思ってはいたが、でも自分があのときの男だと伝えるのは「精神崩壊に陥りました」と白状することであり、彼女に『不安定な頼りない男』と思われるかもしれない。いや、事実としてそうなんだが、果たして真実を告げてもシュゼットは俺を恋愛対象として見てくれるだろうか?)

葛藤すること数秒、グランジェークはにこりと笑ってごまかした。

『ありがとう。俺は大丈夫だよ』

彼女の前では、大人の落ち着いた男でありたい。

シュゼットも笑顔を見せてくれて、一礼してすぐに退出していった。

再会はほんの少し会話を交わしただけで終わってしまった。扉が閉まる音すら寂しい。

今の今まで手が届く距離にいたのに、シュゼットがいなくなってしまった喪失感に襲われる。

『会いたい』

『え? 今会ったばかりなのに』

ルウェスト薬師長からは残念なものを見る目を向けられていたが、そんなことはどうでもよかった。

大切なのは、シュゼットからの評価だけだ。

(彼女に嫌われたくない。絶対に失敗できない。どうにかして、さりげなく近づかなくては……)

『まぁ、のんびりがんばりなよ。応援はしないけれど邪魔もしないから』

ルウェスト薬師長はそう言うと、分厚い本に目を通し始めた。

グランジェークはそれから毎日のように、どうやってシュゼットに好きになってもらおうかと考え続けた。

【第六章】　大好きだから……

窓から差し込む穏やかな光。医局の東塔は日当たりがよく、いつもより早く目が覚めた。

シャツにスカート、宮廷薬師のローブに着替えて朝食をとると、もうこれが日常なんじゃないかって思ってしまいそうに……なることはなかった。

「落ち着かない」

ロイヤルミルクティーはおいしい。焼きたてのパンはふかふかで、サラダのルッコラも新鮮でトマトもおいしい。じゃがいもの冷製スープもおいしい。

でも、とにかく落ち着かない。

「あの、せめて食事のときは見ないでいただけませんか？」

少し離れた場所に、ずらりと並ぶ五人の魔法使い。いずれも女性で、グランジェーク様と似たローブを着て真面目に私を見つめている。

「警備中ですので」

「目を離すなと命令なので」

「すみません」

「空気と思ってください」

「これも仕事ですから」

口々にそう言われ、私はがっくりと項垂《うなだ》れる。

グランジェーク様が突然いなくなり三日が経過した。

居場所はわかっている。ルウェスト薬師長のところだ。

護衛の魔法使いの人から通信で連絡を受けたから、彼が私のために一角獣のツノを取りにいったのはわかっていた。

でも自分が不在の間に私に危険がないようにって、五人も部下を配置していくのはやりすぎじゃないかしら!?

だいたい、もうフィオリーは捕まって白の塔にいる。そこにも見張りはいて、彼女が私にこれ以上何かできることはない。私を襲ってくる人なんていないのだ。

ただの宮廷薬師に五人の護衛。彼女たちに申し訳ない気持ちと、グランジェーク様の過保護さに呆《あき》れる気持ちが入り混じり、私は居心地の悪い状態でこの三日間を過ごしている。

調合室にいるときだけは護衛から解放されるので、私はこれほど早く仕事に行きたいと思ったことはない。

「おはようございます、シュゼット嬢」

「おはよう、元気にしてる？」

ノックの音と共に扉が開き、入ってきたのはリンクスさんとマルリカさんだった。

私はちょうど食べ終わったところで、ナプキンで口元を拭ってから応接セットの方へと移動する。

「おはようございます。毎日すみません」

二人が登場すると、五人の魔法使いは無言で部屋を出ていった。

診察中は、会話が聞こえないように全員外へ出てくれる。

私はソファーに座り、マルリカさんから診察を受ける。

この三日間は頭痛が起こらず、記憶も戻っていなかった。

私の診察データを見ながら、マルリカさんが少し眉根を寄せる。

「魔力が少ないわね。最初に倒れてからずっと」

元々少ない魔力が、ずっと減った状態で推移しているらしい。

「昨日、魔力回復薬を飲んだ直後は増えていましたよね？」

魔力が減った状態が続けば、体に負担がかかる。だから即効性のある魔力回復薬を飲んだのだけれど、増えたのは一瞬だけで今朝はまた低い数値に戻ってしまっていた。

「魔法薬の影響がまだ強いのね。ずっと魔力を使ってる、つまり記憶は封じられているだけで消えたわけではないと思うの」

グランジェーク様との思い出が消えてなくなったわけじゃない。マルリカさんはそう判断した。

「よかったです、なくなったわけじゃなくて」

ときおり断片的に思い出すから記憶が消えたわけではないとわかっていたものの、マルリカさんからきちんと診断されると安堵《あんど》がこみ上げる。

「ただし、気を失うのは防御反応よ。普通の状態とは言い難いんだから、もうこれ以上は脳を刺激するようなことはしてほしくないわ」

「それは、フィオリーと話はできないってことですよね」

「ええ。もしもあの子が落ち着いてきたとしても、会わない方がいい」

私は仕方なく了承する。まだ聞きたいことはあったし、話ができなくても様子を見るだけでもって思う気持ちはあった。でも、それはあくまで私の希望であり、やらなきゃいけないことではない。

「あとはグランジェークが素材を一日でも早く狩ってきて、薬ができればいいわね」

今日の診察はここまでで、リンクスさんは結果をグランジェーク様に報告しておくと言う。

グランジェーク様が私と離れた場所にいすぎるせいで、今はさすがに腕輪の機能がすべて作動しておらず、会話が向こうに聞こえないんだとか。

「グラン様のこと、捨てないでくださいね？　あの人はシュゼット嬢がいないと生きていけないので」

「えっと……」

そんなご冗談を、とすぐに否定できないのが悲しいところだ。

愛が重いのはわかっていたけれど、薄々そんな気がしていたのだ。私に何かあったら、グランジェーク様は後を追うのではないか？　と。

「グランジェーク様って情熱的ですよね」

私が何気なくそう言うと、リンクスさんは視線を外して「そうでもないんですけどね」と呟《つぶや》く。

「昔はもっと淡々としていましたよ？　それこそ、ロボットといい勝負でした」

「そうなんですか？」

「ええ、愛想笑いはずっとお上手ですがその目は何も見てないと言いますか。ただ目の前の職務をこなすだけで、人間味なんて一切ありませんでしたよ？」

私が知っている『魔法師団長様』のことを思い出す。言われてみれば、とても素敵な人ではあるけれど表面的な愛想笑いだと言われると納得できる。

「お父様が亡くなられた直後なんて、いつ死んでもいいみたいな戦い方をしていて……。心の置き所がないような感じでした。仕事はしっかりするので、周囲は何も聞けず仕舞いでしたね」

「お父様が……？」

前カーライル侯爵は、当主なのに魔法使いという珍しい方だったと有名だ。

グランジェーク様ほど強い魔法使いではなく、階級も真ん中くらいだったと聞く。

「五年前に亡くなられたんですよね」

「ええ、そうです」

今の私が知っている情報はそれだけだ。

恋人だったならもっと深い話を聞いているかもしれないが、今の私には記憶がない。

リンクスさんは、あははと明るく笑って言った。

「シュゼット嬢に出会って、グラン様は明らかに変わりました。私たちは安心したんですよ。劫火殺《ごうかさつ》戮《りく》ロボットが人の心を知った～って」

「上官になんてこと言うんですか⁉」

ぎょっと目を見開く私。リンクスさんは悪びれることなく話を続ける。

「まぁ、そんなわけなんで。グラン様を失うわけにはいかない我々にとって、シュゼット嬢は絶対に守らなきゃいけない存在なんです。しばらく窮屈な生活が続くと思いますが、生《い》け贄《にえ》……じゃなかった、魔法師団長夫人として耐えてください」

彼はそう言うと、颯爽《さっそう》と歩いて部屋から出ていった。

私は彼の背を見送り、ぽつりと呟く。

「生け贄」

そんなに酷《ひど》い扱いは受けていませんよ?

「私がかわいそうみたいに……」

その解釈は不満だった。不服そうな顔をする私を見て、マルリカさんは笑う。

「あなたが納得しているなら大丈夫よ。これから先どうなるかは別として」

「不吉なことおっしゃらないでください」

未来のことは誰にもわからないけれど、今の私は私なりにグランジェーク様のことが好きなのだから大丈夫でしょう? 多分。多分、大丈夫なはず。

気を取り直して、私は言った。

「そろそろ調合室に向かいます。今日も働かなきゃ」

ルウェスト薬師長が不在だから、私が直接薬を渡さなきゃいけない患者さんもいるのだ。のんびりしている時間はない。

私はマルリカさんに見送られながら、ずらずらと護衛を引き連れて医局を出た。


「ミラ先輩、保管庫にあったこの薬ってまだ依頼主が来ていませんよね?」

ルウェスト薬師長の代わりに依頼分の魔法薬の処方や説明を行っていた私は、保管庫に最後に残った小瓶に目を留めた。

中身は薄緑色の錠剤で、比較的ポピュラーな睡眠薬だ。

私と一緒に仕事に当たっていたミラ先輩は、手元にあるリストを確認して返事をくれた。

「そうね、まだみたい。約束の時間は過ぎているわ」

ミラ先輩は、これから医局に行って新薬の検証を行う予定だ。時計を見て困った顔になる。

患者さんにはすでに投薬しているから、遅れるわけにはいかない。

「あとは私に任せてください」

取り扱いが難しい薬ではない。だから私一人でも大丈夫だと先輩に伝える。

「ありがとう。何かあれば通信機で呼んでね」

ミラ先輩は、事務官を連れてすぐに調合室を出ていく。するとこのタイミングで、ロボットメイドが私を呼びにきた。

『第一応接室にお客様が入られました』

「ありがとう」

きっとこの薬の依頼主だ。

マーヴィン・シルトン公爵令息。王太子殿下の側近の彼の名前がリストにはあった。

大きな病やケガでない限り、本人が直接やってくることはほとんどない。おそらくは従者かメイドが取りに来ているはず。

私は小瓶と書類を持ち、モスグリーンの絨毯《じゅうたん》を歩いて移動する。

大きな茶色の扉の前に立ち、ノックをしてから中へと入った。

「お待たせいたしました。宮廷薬師のシュゼット・クラークです」

入室するタイミングで名前を名乗れば、一人掛けの椅子に座っていた青年とぱちりと目が合った。

てっきり従者かメイドだと思っていたのに、先日の舞踏会で会った彼がソファーに座っていたので驚いた。

「お久しぶりです」

「あ……お久しぶりです。今日は、どうかなさいましたか？」

症状が悪化したのかと心配すると、彼は控えめに笑って「いえ」と否定する。

私は彼と向かい合って座り、ルウェスト薬師長の代理として話を伺った。

「体調に変化があったのですか？」

「いえ、随分とよくなっています。悪化したから来たわけではないのでご安心ください」

診察記録には、軽い不眠や焦燥感などの症状が書かれていて、それが悪化したわけではないらしい。

「薬は念のためにもらっておこうと思ったんです」

「そうですか」

私は予定通り、持ってきた小瓶を彼に渡した。

マーヴィン様はそれを受け取ると、慣れた手つきで書類に受け取りのサインをする。

「あぁ、そういえばご結婚なさったと……。おめでとうございます」

「ありがとうございます」

彼がサインした書類を受け取り、内容を確認する。

すると、彼は私のことをじっと窺《うかが》うように見つめ、こう切り出した。

「――ステシア王女殿下は、舞踏会でなんと？」

「え？」

顔を上げ、視線を書類から彼に向ける。遠慮がちで、でも真剣な顔つきが印象的だった。

「特には……。ただの世間話をしただけです」

隠すような内容はない。本当にただ、軽く話をしただけなのだ。

『今、幸せ？』

あのときの王女殿下の顔をふと思い出す。

でもそれをこの方に教える必要はなく、私が黙っているとマーヴィン様は何かを察したように「すみません」と言って視線を落とした。その顔が寂しげで、心に引っかかる。

「何か心配事でも？」

今度は私が尋ねると、彼は静かに首を横に振る。

「いいえ、何も。ただ、王女殿下がお元気でいらっしゃるか気がかりだったのです」

「そうですか……。お役に立てないみたいですみません」

気まずい空気が流れる。

マーヴィン様は王太子殿下の側近だから、主人の妹君である王女殿下のことを心配しているだけとも考えられる。でも、彼の表情や雰囲気からは「王女殿下に恋心を抱いているのではないか？」と思えた。

彼が眠れない理由は、王女殿下の結婚なのではないだろうか。

「幸せになってほしいんです、王女殿下には」

そう言って笑うマーヴィン様はつらそうで、私は胸が締め付けられた。

王族の結婚は、個々の感情など関係ない。公爵令息だってそうだ。

どんなに愛する人がいても、多くの場合は公私で分けるのが当然とされている。

それに、王女殿下に今回の縁談がなくても家を継がない次男のマーヴィン様に降嫁できる可能性はなきに等しい。二人が手を取り合って生きていける未来はないのだと、彼自身が一番よくわかっているのだろう。

「……私も、王女殿下には幸せになっていただきたいです」

そんな言葉しか返せなかった。

それでも、マーヴィン様は「そうですね」と相槌《あいづち》を打ってくれた。

「では、私はこれで」

マーヴィン様は席を立ち、私も彼に続いて見送りのために立ち上がる。

廊下に出ると、彼は気まずそうな顔で言った。

「あなたには以前情けないところをお見せしてしまい、きっと気を遣わせただろうなと思っていました。どうか王女殿下をよろしくお願いいたします」

「え？」

一体どういうことだろう？

尋ねることができないうちに、彼は去ってしまった。

廊下には私一人。マーヴィン様の後ろ姿を見つめていると、何かが記憶に引っかかったような気がした。その場に立ち止まり、懸命に思い出そうとする。

そのとき、扉の前にあるラナンキュラスの香りがふと鼻を掠《かす》めた。

「この香り……」

ぐらりと視界が揺らぎ、私は思わず壁に手をついて目を閉じる。

『――んて、――ければよかった』

またあの記憶だ。耳の奥で、女性の声が聞こえてくる。

そうだ、あれは園遊会の日だ。道に迷った私は、一人で美しい花々が咲き乱れる庭園をさまよっていた。そこであの二人の姿を見たんだ。

『あなたなんて、好きにならなければよかった』

涙ながらにそう言うステシア王女殿下と、黙ったまま悲しげに目を伏せるマーヴィン様。二人は私に気がつくと、慌てて顔を背けた。

『失礼しました！』

見てはいけないものを見たと瞬時に思った私は、その場から走って逃げた。でも、靴が片方脱げてしまって……。

後日、ステシア王女殿下がメイドのマリナ・ハークス子爵令嬢のふりをして、私の靴を持ってきてくれたのだった。

そこで、秘密の恋の話を打ち明けられた。

子どもの頃からマーヴィン様が好きだったこと、社交界デビューの日にダンスに誘われて眠れないほど嬉《うれ》しかったこと。秘密の逢瀬《おうせ》を続けてきたことを……。

『結婚は、王族としての義務だと納得しています。ただ、どうしても彼への想《おも》いが消えてくれないのです。苦しくて、悲しくて、いっそ彼のことを忘れてしまいたい』

王女殿下は、ずっと一人で苦しんでいて憔悴《しょうすい》しきった様子だった。

私がルウェスト薬師長の弟子だと知っていて、偶然出会ったときに思いついたらしい。

『ルウェスト薬師長に、内密に依頼したいの。記憶を消す薬を』

このままでは王族としての務めに支障が出てしまうと考えた王女殿下は、私を通じて薬師長に依頼してきた。

『私はお兄様みたいな立派な王族にはなれないから、魔法薬の力を借りるしかないの。マーヴィンのことを忘れる薬を……お願いよ』

涙ながらにそう訴える王女殿下は、誰もが知る理想の王女殿下ではなく普通の一人の女性だった。

彼を忘れることが良いことなのかはわからないけれど、私は薬師として少しでも王女殿下のお心が晴れる薬を作ってあげたいと思った。

ルウェスト薬師長に事情を話すと、このままでは王女殿下の心身によくないだろうということで魔法薬づくりを始めることが決まった。当然、完全に秘匿することはできないので国王陛下からの許可はいただいた。

私は王女殿下に依頼された薬づくりを手伝っていて、あの日の事件が起きた。

「思い出した。私は王女殿下の……」

記憶を取り戻すたびに、痛みが増す頭痛。痛みの間隔が徐々に狭まっていき、私は堪《こら》えきれずに目を細める。

「シュゼ！」

突然降ってきた悲痛な声。力強い腕に引き寄せられ、私は驚いて息を呑《の》む。

「シュゼ、どうした⁉」

「グランジェーク様？」

あぁ、戻ってきてくれたんだ。彼は緊迫した表情なのに、会えたことが嬉しくて私の口角は上がる。

次第に力が入らなくなりグランジェーク様にもたれかかった私は、震える右手を彼の頬に伸ばしながら言った。

「おか、えり……なさい」

伝えなきゃ、魔法薬の依頼について思い出したって。

けれど、瞼《まぶた》が重くて目を開けていられなかった。

「私、マーヴィン様に……。王女、でん、かに……」

そこまで声を発した途端、急激に眠気に襲われる。

グランジェーク様の腕に身を預けると、深い深い眠りに落ちていくように意識を失った。


まるでおとぎ話のような美しい月夜のことだった。

――シュゼ、どうか俺と結婚してほしい。

大好きな人から結婚を申し込まれ、嬉しくて「自分でいいのか」とか考える余裕もなく即答した。

――はい。どうか末永くよろしくお願いします。

抱き合うと腕の中はとても温かく、心の底から幸せだと感じた。

――シュゼ、俺は君を愛している。一生、大事にする。

――嬉しいです……！

――君がいればそれだけで幸せなんだ。君が俺のすべてだ。シュゼの声をずっと聴いていたいし、シュゼが笑ってくれるなら俺は世界中のどこからでも何でも持ってきてあげる。この世の全部を君に捧《ささ》げたい。

――う、嬉しい……です？

あれ？　憧れの魔法師団長様は、いつもクールでかっこいい人で、えっと………。

この人は誰!?

「わぁぁぁぁぁぁぁ!!」

目が覚めたのが先か、それとも叫び声を上げたのが先か、がばっと飛び起きた私は毛布を握り締めながら荒い呼吸を繰り返す。

あれは夢？　ううん、夢じゃない、私の記憶だ……！

心臓がバクバクと鳴っていて、まるで全力疾走したときみたいに息が上がっていた。

「あれ、もう起きたの？　薬は効いた？」

すぐそばから聞こえてきた呑気《のんき》な声は、妙な懐かしさがある。

どろりとした青黒い液体の入ったコップを手にした、ルウェスト薬師長がきょとんとした顔をしてベッドサイドに立っていた。

「え？　あの、ここって？」

「医局だよ。君が倒れたから応急処置をしたんだ」

師匠は私の額に手を当て熱はないと確認してから、あっけらかんと笑った。

「うん、目が覚めてよかった。魔力も元に戻っているし、記憶も戻っているだろう？　グランジェークのこと、何か思い出した？」

「記憶？　え？」

目を丸くする私。

そっか……私はまた記憶が戻りかけて、それで倒れてグラン様に助けられたんだ。彼が戻ってきていたということは、素材が無事に確保できたということで、それはつまり……。

「思い出しました」

目をぱちぱちと瞬《まばた》き、呼吸を整える。

とても気分がすっきりしていて、体が軽くなったみたい。

これまで忘れていた二年分のグラン様との記憶を、すっかり思い出していた。

「よかった……、ってグラン様は⁉」

辺りを見回すも、彼の姿はない。仕事に戻ったのだろうか？

ぱっと師匠の方を見ると、青黒い液体の入ったコップに何かの白い粉末を混ぜているところだった。

「私はどれくらい眠っていました？」

「丸一日くらいじゃないかな？　さっき正午の鐘が鳴ったよ」

「そんなに⁉」

窓の外を見ると、倒れたときは夕暮れだったのに明るい光に満ちていた。

またそんなに眠っていたのかと呆れ、空を流れる雲を眺めてぼんやりとしてしまう。

「う～ん、ひとまず応急処置だからこれくらいかな」

師匠はノートとコップを見比べながら、魔法薬を調合している。

一体何の薬だろうかと首を傾《かし》げる私に、それをずいっと差し出してきた。

「これだけ飲み切れば、六時間くらいは記憶が保てると思うよ」

「六時間ってなんですか？」

「今は応急処置だからさ、まだ完全に治ったわけじゃないんだ」

「そうなんですか⁉」

今は記憶が戻っているのに、また忘れちゃうってこと？

私はコップを受け取り、まずそうな見た目の薬に怯《ひる》みながらも覚悟を決めてぐいっと一気に飲んだ。

「んごふっ‼」

「あはははは、すごくまずいよねぇ。味の調整までする時間がなくてさ〜。グランジェークが急《せ》かすから」

ううっ、これまで飲んだどの薬草ドリンクよりも薬よりも苦くてえぐみがすごい。

でもこれを飲まないという選択肢はなく、私は涙を浮かべながら必死でそれを飲み切った。

「はい、水」

「ありがとうございます」

レモンとミントの香りのする冷たい水を飲んで、ようやく一息つくことができた。

効果はわずか六時間。

短いけれど、グラン様に会って話をする余裕はありそうでよかった。

「師匠、グラン様はどちらに？」

ベッドを下りて、椅子にかけてあった自分のローブを羽織る。そんな私を見て、師匠は困った顔で笑った。

「今は行かない方がいいんじゃないかな」

「どうしてです？」

「グランジェークは昨日マーヴィンを拉致？　いや、誘拐して全部聞き出したんだよ。それで、今は白の塔へ……」

「どういうことですかぁぁぁ⁉」

予想外の出来事に私はぎょっと目を瞠《みは》る。

「君が『マーヴィン様』って言い残して気を失うから、グランジェークはマーヴィンが君に何かしたんだと思ったんだよ」

「私のせいだった！」

狂気を孕《はら》んだ目でマーヴィン様に迫るグラン様が目に浮かんだ。

「さっきまでここにいたんだけれど、ようやくフィオリーが話せるまでになったっていうから、グランジェークはすぐに白の塔へ向かったんだ」

「――っ！」

いけない、今のグラン様は私が倒れたせいで不安定なはず。

きっと思考が悪い方向にいっている。

「グラン様って、前に精神崩壊状態になってからまだ五年経《た》っていませんよね⁉」

私が尋ねると、師匠は少し驚いた顔になる。

「気づいていたのかい？」

「治療中は酷いやけどで顔の判別なんてつきませんでしたが、瞳の色が……、あの紫色の瞳はグラン様以外にいないでしょうし、それに私が治療中に壊したブローチを着けていらっしゃったので」

祖父の遺《のこ》した〝星の雫《しずく》〟は瓶のフタが開かず、目に留まったブローチをぶつけて強引に開けたのだ。そのせいでブローチは欠けてしまい、後日グラン様に薬師長室で会ったときそれを見つけて愕然《がくぜん》とした。「壊してすみませんでした」と謝りたかったけれど、精神崩壊状態になったのはグラン様の部下ということになっているので、何も言えず仕舞いだった。

一度、精神崩壊状態になると回復した後も五年は再発のリスクが高い。私が倒れただけでもグラン様の心に負担がかかっているのだから、これ以上の負荷は避けたい。

「ぎりぎり五年は経っていないな。だから、まだ不安定な状態だと思う」

「急がなきゃ……！」

フィオリーへの尋問がきっかけで、また精神崩壊状態になったら危険だ。それに、私は自分の気持ちをグラン様にちゃんと伝えたい。

「私、結局一度もグラン様に好きだって言えてないんです！　結婚式の前には絶対に言おうって思ってたのに、記憶がなくなっちゃって……！」

言い終わる前に走り出した私は、扉の前でちょうど入ってきたマルリカさんにぶつかりそうになる。

「わっ」

「あら、もう起きたの？」

「すみません！　診察はまた後で……！」

マルリカさんの横をすり抜け、私は廊下を走った。すれ違う医師や文官が必死で走る私を見て驚いていたものの、私はただひたすらに白の塔を目指した。

◆◆◆

「あの子、記憶が無事に戻ったんですね」

マルリカは、ルウェストにそう話しかける。

彼は、手に持っていた白い粉と灰色の粉の入った二つの瓶を見せて笑った。

「こっちの白い方が一角獣の変異種のツノ。こっちの黒い方がエムプサっていう植物の根」

マルリカはそれを見て、思案しながら尋ねる。

「エムプサは、若者を誘惑して生き血を吸い取る植物ですよね。初めて見ました」

「正解。エムプサの葉は粉をふいているんだけれど、知らずに吸うことで幻覚が見えるんだ。その人が恋愛感情を抱いている相手の幻覚が」

想い人がいると思って近づいたら最後、ツルで首の血管をぶすっと刺されて吸血されてしまう。だから旅人は、エムプサ避けの香を持ち歩いているのが一般的だ。

「幻覚を見せる粉……、そういえば自白剤にも使われますね。え、記憶を失う魔法薬って、まさかその粉で恋愛感情があるかどうかを？」

「そうだよ。想い人だけの記憶を消すなんて、普通の魔法じゃそんな器用なことはできないからね。想い人のことだけ忘れさせるために、エムプサの粉から抽出した成分を利用したんだ。……つまり、シュゼットはちゃんとグランジェークを好きだったたってことだよ」

　想い人がいなければ、そもそも魔法薬は作用しない。

　ルウェストは苦笑いで言った。

「まあ、あくまでエムプサの粉基準なんだけれど」

「粉基準って、ロマンも何もない言い方ですね」

「君もそっちの方が好きだろう？　抽象的な『好き』とか『愛してる』とかより、分泌されるホルモンの量で効果が決まるとかそういう数値化された方が信頼できるよね」

　マルリカは、灰色の粉の入った瓶を見て不思議そうに首を傾げる。

「でも、グランジェークのことを全部忘れなかったのはなぜでしょう？　シュゼットは、魔法師団長様のことだけは覚えていましたよ？」

「シュゼットの中で、遠い存在の魔法師団長様と好きになったグランジェークは別人だったのかな。それはもっと調べてみないとわからないけれど……。協力してくれた被験者の中には自分では恋愛感情だって思っていたけれど実はそれは単なる依存で、魔法薬を飲んでも相手のことを忘れなかったっていうケースもあったんだ」

「なるほど」

「でも、今回の魔法薬は中途半端だったかな。改良が必要だよ。……とはいえ、もう作る必要はなさそうだが」

　ルウェストは、窓の外を眺めそう言った。その目には、少しだけ憐《あわれ》みの情が浮かんでいる。

「契約違反の罪は重いよ。魔法薬は、人を幸せにするために使えってね」

ひっそりと静まり返ったレンガ造りの白の塔。

肌寒い廊下を、ローブ姿の男が二人歩いている。

仄暗《ほのぐら》い目をして無言で歩くグランジェークを見て、リンクスはため息をつく。

「フィオリー・アーノットがかつては魔力持ちだったなんて、いい加減きちんと名簿を揃《そろ》えておかなくてはいけませんね」

この国で、魔力持ちは優遇される。

早くから魔法師団の庇護《ひご》下に置かれる者も多く、そうでなくても親の期待を一身に受けて教育を施される者がほとんどだ。だが、精神崩壊して魔力がなくなってしまえば、国がその者たちを管理することはない。もう用済みだ、とばかりにあっさりと放逐される。

リンクスが部下に調べさせた結果、フィオリーのことを知る祖母の存在が辺境の街で見つかった。

「フィオリーは両親から過剰な期待をかけられた結果、九歳で精神崩壊。そのとき、魔法師団から数名の魔法使いが派遣され、暴風で吹き飛んだ家の跡から瀕死の少女を救出。——ご記憶は？」

遠慮がちにそう尋ねたのは、グランジェークが覚えていないだろうとわかっていたからだ。念のため聞いてみたものの、答えは予想通りだった。

「覚えていない」

「そうですよね。グラン様はあの頃とにかく任務の数が多かったですから……」

「だが、精神崩壊で魔力を失ったなら、大ケガを負っているはずだ。フィオリーはなぜ見た目に傷がない？」

魔力を失う直前まで経験しているグランジェークは、普通の回復薬でその傷が治らないことを知っていた。だからこそ、フィオリーが普通の男爵令嬢として暮らしてこられたことに疑問を抱いた。

「〝星の雫〟ですよ。十一年前、フィオリーが運び込まれたとき、ウィングナー・クラーク殿がご存命でしたから」

「シュゼットの祖父か……」

宮廷薬師だったシュゼットの祖父は、運び込まれてきたフィオリーを見て哀れに思ったそうだ。

本来であれば、すでに魔力器官が壊れていて魔力がなくなってしまった彼女に貴重な薬は使えない。だが、シュゼットの祖父は孫娘とそう変わらぬ年齢の女の子に同情し、自分の保有していた〝星の雫〟を使って彼女を治療したという。

「そもそも、生きて運ばれてくる時点で奇跡ですからね。自分の持っていた薬を使うのはルール違反ではありませんし」

目の前で苦しんでいる少女に同情する気持ちはわかる、とリンクスは言った。

「私なら躊躇《ためら》いますが、そこはシュゼット嬢のおじいさまですよね」

リンクスは「お人好《よ》しは遺伝でしょうか」と感想を述べた。

フィオリーはその後、両親から離れて辺境に移住し、十五歳のときに文官になるために再び王都に戻ってくることに。祖母には、「王都でどうしても会いたい人がいる」と言っていたらしい。

「――俺か」

「はい。そのようです」

グランジェークにとっては、ただの任務だった。記憶に残ってもいない。けれど、意識朦朧《もうろう》とする中でもフィオリーは『自分を助けてくれた魔法使い様』のことをずっと覚えていた。

そして文官の試験に合格し、宮廷薬師のいる調合室に配属になった彼女は、ある日ずっと会いたかった憧れの人に再会することになる。

「覚えていませんか？　以前、正門のところでいきなり腕を掴《つか》んできた女の子のこと」

今よりも短い肩より少し上で切りそろえた茶色の髪に、見習いのダークグレーの制服を着た女の子。魔法師団の施設から近い正門の辺りを歩いていたグランジェークを見て、いきなり駆け寄って腕を掴んできたのだ。

『あぁっ……！　やっと会えた……！』

『誰だ、君は』

グランジェークはその手を振り払い、蔑みの目を向ける。

あまりの威圧感に驚いたフィオリーは、その場で震えて沈黙した。

リンクスはあの頃のことを思い出しながら言った。

「時期が悪すぎました。あのときばかりは、グラン様も笑顔で対応なんてできませんでしたよね」

父が亡くなり、グランジェークが最も荒《すさ》んでいた時期だった。

笑顔で取り繕うこともなく、声をかけてくる女性たちに対して冷酷に拒絶していた。フィオリーのことも、すり寄ってくる女性の一人だと思った。

「それが事実なら、やはり俺のせいでシュゼットは……」

「いや、逆恨みですよ。こっちは仕事で助けただけなのに、勝手に一目《ひとめ》惚《ぼ》れされても」

「あ、すみません。グラン様もそうですよね」

思わぬ角度から上官にダメージを与えてしまったことに気づき、リンクスは即座に謝罪する。そして、慌ててフォローを続けた。

「誰だって、いきなり腕を掴まれたら嫌ですって。グラン様だけじゃないですよ」

リンクスの言うこともっともだが、グランジェークの表情は晴れない。今こんな状態でフィオリーに会うのは避けたかったが、グランジェークにはどうしても聞きたいことがあった。

「何事も起こりませんように、何事も起こりませんように！」

リンクスが柄にもなくそんなことを口にする。

「神に祈りが通じると、まだ信じているのか？」

「ええ、何事も信じる心が大事ですから」

呆れた目でリンクスを見れば、彼は大真面目にそう答えた。

二人分の足音は、冷えた廊下を奥へと進んでいく。

フィオリーのいる部屋に到着すると、見張りの兵が扉を開けた。

小さなベッドに書き机のあるシンプルな部屋で、フィオリーは手かせをつけた状態でベッドに座っていた。左手には包帯が巻かれている。

下ろしたままの長い髪はパサついていて、ろくに食事をとっていないように見えた。

キィと鳴る扉の音にも反応せず、ぼんやりとした虚《うつ》ろな目は何もない壁に向かっていた。

「フィオリー・アーノット。聞きたいことがある」

ゆっくりと首をこちらに向けたフィオリーは生気のない顔で、何もかもどうでもいいというような投げやりな様子に見える。

「どうやって魔法薬のことを知った？　シュゼットにあえてあの魔法薬を飲ませたんだろう？　……俺を、忘れさせるために」

マーヴィンを尋問した結果、彼はステシア王女と恋人関係にあったことを告白した。

いずれ終わる恋だとわかっていたものの、いざ本当に別れがくると心身に不調をきたすほど追い詰められたとも言っていた。

彼は愛する王女のため、「終わったのだ」ときっぱり告げて冷たい態度を取った。その結果、王女が一層追い詰められたとも知らずに……。

（マーヴィンは魔法薬のことを知らなかった）

彼は、王女が調合室に出入りしていることは知っていたが、ルウェスト薬師長に何を頼んでいるかまでは把握していなかった。

「君に指示した人間がいるはずだ。それは誰だ？」

証拠はない。だが、王女もこの事件にかかわっているはず。グランジェークは確信していた。

「素直に白状した方がいいですよ。魔法使いってそんなに優しくないんで」

リンクスは、暗に拷問をほのめかす。

でも、そんな冷淡な言葉にもフィオリーが怯《おび》えたり驚いたりすることはなかった。

「ふふっ、おかわいそうなグランジェーク様」

「何？」

「シュゼットさんも薄情ですよね。結婚の約束をしていたのに簡単に忘れちゃうなんて」

バカにするような言葉に、グランジェークは苛立《いらだ》った。

「魔法薬のせいだ。シュゼは優秀な薬師だからな」

反論すると、フィオリーはさらに笑いを浮かべて言い返す。

「かわいそう。自分ばっかり好きでシュゼットさんには愛されていない。本当に哀れですね。私と一緒だわ」

薄っすら涙を浮かべるその目は、未《いま》だにグランジェークへの想いを残しているように見えた。

「ふふふ……。なんてかわいそうなのかしら」

「やめろ」

「本当に好きなら忘れない、あの方はそうおっしゃいました。それは本当だった」

恋い焦がれるような、縋《すが》るような表情に変わるフィオリー。それは並々ならぬ執着を感じさせ、その目を見ていると気味が悪くゾッとした。

「私は、忘れられなかった……」

「どういう意味だ？」

「私も飲んだんですよ。シュゼットさんが倒れた後、私も一緒にそこで倒れていれば被害者を装えると思ったので。でも、私には効かなかった。私は、あなたを覚えています。私は本当にグランジェーク様のことが好きだから！」

あははははと声を上げて笑うフィオリーは、とっくに正気を失っていた。笑いながら『私ならずっと好きでいるのに』『本当にグランジェーク様を好きなのは私だけ』と繰り返す。

「シュゼットさんはあなたを忘れた！　好きじゃなかったから‼」

拳を握り締め、ぎりっと歯を食いしばるグランジェーク。今すぐ燃やしてやりたい、と殺意を覚えるも必死で堪えていた。

「おまえなんかがシュゼを語るな。シュゼは俺を……」

「大丈夫ですよ？　シュゼットさんはお人好《よ》しですから、グランジェーク様がかわいそうになればなるほど一緒にいてくれます。決して同じ気持ちを返してはくれませんけれど」

リンクスが二人の間に割って入ろうとする。

ところがグランジェークは彼を制し、冷えた声で告げる。

「リンクス、この女を連れて離れろ。まだ殺すわけにはいかない」

顔を顰《しか》めるグランジェークは、距離を取りながらそう告げる。しかしその瞬間、周囲に熱い空気が勢いよく放出され、身構えたリンクスの目の前で吹きとばされたフィオリーが壁に激突した。

「がはっ……！」

ドンという音と共に、彼女は人形のようにだらりと四肢を投げ出して床に落下する。

「グラン様！」

「……早く行け」

よろめき、壁に左手をつくグランジェークの姿を見て、リンクスが叫ぶ。

「マルリカ医師を呼んできます！」

意識のないフィオリーを乱暴に担ぐと、彼は扉の方へと走っていった。

それを見届けたグランジェークは、一人きりになった部屋で気分を落ち着かせようと何度も深呼吸を繰り返す。だが、次第に周囲の温度が上がっていくのを肌で感じ、吹き荒れる熱風に包まれながら立ち尽くしていた。

【第七章】ずっと言えなかった本当の気持ち

医局から白の塔まで休みなく走り続けた私は、日頃の運動不足を猛烈に後悔した。

特に、グラン様と一緒に魔法馬車で移動するようになってから運動量が激減したような気がする。

ダメだ、体力をつけなきゃ……。

そう後悔しながら走っていた私の目の前に、ようやく白の塔の門と見張りの兵士の姿が見えてくる。

「宮廷薬師のシュゼット・クラークです！　入ります！」

ポケットから身分証を取り出し、それを兵士に見せながら問答無用で駆け抜ける。

初対面ではないからか、兵士は私を留めることはなかった。

「はぁ……はぁ……」

フィオリーがいるのは一階のはず。

まっすぐに走っていくと、正面からリンクスさんが何かを抱えて走ってくるのが見えた。

「リンクスさん！」

声をかけると、彼はホッとした表情になる。その額には汗が滲《にじ》んでいて、いつもの飄々《ひょうひょう》とした感じがなかったのが気にかかった。

「グラン様が……！」

「どうかしたんですか⁉」

立ち止まった彼は、抱えていた荷物をどさりと地面に置いた。

「フィオリー!?」

気絶している。荷物だと思っていたら人だった。

驚いていると、リンクスさんが魔法で細い糸のようなものを出し、気絶したフィオリーを入念にぐるぐる巻きに縛って言った。

「グラン様が中に……!　フィオリーから王女殿下の関与について聞き出そうとしたんですが、会話にならなくて……」

リンクスさんによれば、フィオリーは自分も魔法薬を飲んだと告白したらしい。本当に好きだから、自分は記憶を失《な》くさなかったのだ、と。

「その話を聞いたグラン様は、シュゼット嬢に愛されていないかもしれないと不安を煽《あお》られ、体から瞬く間に炎が上がって」

グラン様から離れるしかなかったことを、リンクスさんは悔やんでいた。

「今はお一人で耐えておられます。どうにかして精神崩壊状態を抑え込もうとしていました」

グラン様の苦しみを思うと、胸が締め付けられるようだった。

いきなり自分を傷つけるほど発火することはないが、このまま放っておけばまた以前のように大惨事になる可能性がある。

「私、中へ……!」

「ダメです!　巻き込まれます!」

止めようとするリンクスさんに、私はネックレスと腕輪を見せて言った。

「大丈夫です！　グラン様お手製のこれがありますから！」

きっと私は守られる。グラン様が私にくれたものだから、ちょっとやそっとの発火では私に傷一つつかないはずだ。

私はリンクスさんを振り切り、塔の中へ入った。

「うわ……」

一階に入ると、奥の部屋から煙が出ているのが見える。

ここは薬師の塔と同じく階層ごとに強固な防御魔法が張ってあるから、上階や地下への延焼はしていないだろう。

私が廊下を進んでいくと光の膜が一瞬で現れて、辺りに漂う熱気や煙がふわりと私を避けていく。

さすがグラン様の防御魔法、予想通り炎は私の衣服すら燃やすことができない。

建物の一番奥の部屋、魔力の少ない私でもそこに彼がいるとわかる。強い魔力が伝わってきて、迷いなくその部屋に飛び込んだ。

半開きだった扉を勢いよく開けると、部屋の中は熱い空気と魔力の渦でよく見えない。

私は思わず顔を顰《しか》め、その中心めがけて突き進む。

「グラン様!!」

どうか無事でいて……！

私はあなたが好きなんだって、ちゃんと伝えたい。

たくさん苦しめてしまったのに、グラン様はずっとそばにいてくれた。自分だけ忘れられて私よりつらいはずなのに、何より私を優先して守ってくれた。

傷ついているそぶりなんて見せずに、私を助けることを一番に考えてくれた。

だから、絶対に助けたい……！

「っ！」

いた。空気の渦の中に、いつものローブ姿の背中が見える。

私はその背中に向かって走り、思いきり抱き着いた。

「グラン様！」

「シュゼ……？」

ぎゅうっと抱き締めて、彼の存在を確認する。

よかった、まだ彼自身の体に影響は出ていない。

突然私がやってきたことに驚いたグラン様は、呆然《ぼうぜん》とした様子だった。

「グラン様、私ちゃんと記憶が戻りました。全部思い出しました」

どれくらい私があなたを好きか、どんな言葉を選べばきちんと伝わる？

必死にここまで来たくせに、どうやって伝えればいいかわからなくなる。でも迷っている時間はない。正直に、ただ事実だけを伝えよう。

私は彼を後ろから抱き締めたまま、懸命に訴えかけた。

「私、グラン様のこと、大好きだから忘れました」

「………？」

かすかに反応があった。私の声は、ちゃんと届いている。

「魔法薬はエムプサの粉から作られた、本当に好きな人のことだけを記憶から消す魔法薬だったんで

す。それで、私はグラン様のことが……」

最後まで言い切る前に、彼は私の腕を振りほどいてこちらを向く。その顔は驚きに満ちていて、何も言葉が出てこないように見えた。

「本当です、私はグラン様のことが好きなんです」

これだけは、ちゃんと知っておいてほしい。ずっとずっと言えなかった本心だから。

「でも、俺は……。君が好きな『大人の落ち着いた男』でも何でもなくて、だから……」

まさか、今そんなことを言われるとは思わなかった。

私は拍子抜けして目を丸くする。

でもそんなところもかわいいなと感じて、くすりと笑いが漏れた。

「違うんです。私、知っていましたよ?」

「知っていた?」

「はい、グラン様が私の周囲を警戒していることとか、どこにいるか魔法で把握していることとか、私が行く先々に偶然のふりをして現れることとか全部知っていました」

「は!?」

ええ、しっかり気づいていました。

気づいた上で、そこまで気にかけてくれているのが嬉《うれ》しくて……。

真実を聞いたグラン様は、少しずつ蒼褪《あおざ》めていっている。あぁ、本当にバレていないと思っていたんだ。

「二年も一緒にいればさすがに気づきます」

グラン様がショックを受けているので、私は気まずくなって視線を落とした。

「最初は偶然だったんですけれど、ほら、恋人になってから初めて食事に行った帰りに、私がうっかり躓《つまず》いて」

私の住んでいた寮は、扉がよく磨かれたガラスだった。

グランジェーク様に似合う素敵な女性になりたくて、私はあの日、背伸びして高いヒールを履いていた。デートの帰りは足が痛くて痛くて、扉の前で「さようなら」って手を振って別れたまではよかったけれど、その後たった二歩で躓いて転びかけたのだ。

「扉にぶつかりそうになったときどうにか踏ん張って転ばずに済みましたが、そのときガラス扉に映っていたグラン様のお顔があまりに必死で……」

目を見開いて今にも死にそうな顔で私を心配していたのがばっちり扉に映っていた。

振り返ったときには、憧れの魔法師団長様の笑顔に戻っていたんだけれど……。

「その後も何度か不自然な言動がありましたし、一緒に住み始めてからは私が邸《やしき》の中で移動するときにどこへ行ってもついて来てたじゃないですか？　シュゼ、シュゼって、追いかけてきて、邸の中でも手を繋《つな》いで」

「………………」

「眠っているときも、何度も私がいるか確認して髪を撫《な》でては『かわいい』『好きだ』って……。もう恥ずかしくって、いつも寝たふりするの大変だったんですよ？」

ふふっと笑いながら話す私を見て、グラン様は今にも気絶しそうになっていた。

でも私は嬉しかったのだ。こんなに私を好きでいてくれて、必要としてくれて、しかもそれが自分の好きな人だなんてどんな奇跡だろうっていつも幸せを感じていた。

「さすがにプロポーズされたときは、面と向かって言葉であれこれ言われてびっくりしましたが、でも嬉しかったのは本当です。だって、私もグラン様のこと大好きなんですから」

ようやく言えた。ずっと言えなかったのに、少し口にしたらすらすらと言葉が出てくる。

「記憶がなくなったときは、グラン様のまっすぐすぎる言葉や態度にドキドキしてしまって……。記憶がないからいきなり変わったと思ってびっくりしたんですけれど、でも記憶がなくても私はあなたのことが……」

好きです。そう言おうとしたら、唇が重なって何も言えなくなってしまった。背中に回された手が力強く、私たちはしばらくそのままキスをしていた。

そっと離れたグラン様は、窺《うかが》うような目で私を見る。

「シュゼが……俺を好き？」

「はい！」

「幻覚じゃなくて？」

「はい、ちゃんと本物です」

「俺が勝手にシュゼに見立てたロボットメイドを作り出したんじゃなくて？」

「え、それはちょっと困りますね。もしかして作ろうとしたことあるんですか？」

「……」

沈黙が続く。

「……ないとは言い切れないが、ないということにしておいてくれ」

「わかりました。グラン様がそうおっしゃるなら」

大丈夫です、作っていないなら忘れます。

私が笑顔を向ければ、グラン様もまた微笑《ほほえ》み返してくれた。

周囲の火はすでに消えていて、塔に備わっている消火システムが作動し始めている。壁や天井はするするとその色を取り戻していき、今まで燃えていたのが嘘《うそ》みたいにきれいになった。

「心配かけてごめんなさい」

そう言って謝ると、彼は首を振って否定しながらもう一度私を抱き締めた。

「俺の方こそすまなかった。今度こそ、君を守れるように強くなるから」

グラン様はそう言うけれど、過保護で心配性でちょっと繊細な部分も私は好きなのだ。

これからは、精神崩壊状態にならないようにずっとそばで見守っていたい。

「あ」

「シュゼ？」

でも困った。私の記憶は六時間しかもたないのだ。師匠が魔法薬を完成させてくれるまでは、またしばらく記憶がなくなってしまう。

「あの、私まだ完全に治ったわけじゃないんです。多分、今こうして告白したことも……」

この気持ちをずっと覚えていたいのに、私はまた忘れてしまう。罪悪感でいっぱいの私に対し、グラン様は優しい笑みを浮かべて言った。

「待つよ。俺は……もう、大丈夫だから」

「ありがとうございます」

好きになった人がグラン様でよかった。グラン様なら、私がどんなになってしまっても離れずにいてくれると思う。だから私も、精一杯気持ちを返したい。

大きな手が頭を撫でる。そして、もう一度キスをしようと彼の顔が近づいてきたとき、背後から困惑する声が聞こえてきた。

「あの～、とりあえず元通りになったっていうことですか？」

リンクスさんが様子を見に来てくれていた。

言葉は辛辣なときがあっても、彼はグラン様のことを普通の部下以上に心配してくれている。

私が苦笑いで返事をしようとすると、グラン様は部下がいるのに躊躇《ためら》いなく私にキスをした。

「ちょっ……あの、人前ですよ！」

「シュゼはもう全部知ってるんだろう？　かっこつける必要がないなら、今キスをしてもいいはずだ」

「どういう理屈ですか⁉」

「はぁ～～、心配したんですからね？」

自分が正しいという顔で暴論を口にするグラン様に、私は動揺する。

私たちのやりとりを見ていたリンクスさんは、呆《あき》れてため息をついた。

「それはすまない」

「本当に申し訳ございません」

私たちは二人揃って謝罪した。

寝返りを打つと、ふかふかの枕が頬に当たる。

目を閉じたままその心地よさを満喫していると、首のところに硬い何かがあって、私はかすかに眉根を寄せる。

「んん……」

気のせいではなくベッドが狭い。違和感からふと目を開けた。

「ひぇっ⁉」

目の前に、息を呑《の》むほど美しいグランジェーク様のお顔がある。

私は、彼の長い腕に搦《から》め捕られるようにして眠っていた。

どうしてこんな状態で眠っているのか思い出そうとするも、まったく思い出せない。

吐息がかかる距離にいることに気づいたら、心臓がバクバクと激しく鳴った。けれど、しっかりがっちり抱き込まれているから動けないし、脚が重だるくて筋肉痛みたいでどうにもならなかった。

「一緒に寝てるってことは、まさか……？」

グランジェーク様はきちんとシャツを着ているし、私もしっかり長袖の寝衣を着ている。

何もなかったよね？　と困惑していると、グランジェーク様がゆっくりと目を開けた。

「――シュゼ？」

紫色の瞳が、私を捉える。ぼんやりした表情が色っぽくて、どきんと大きく心臓が跳ねた。

「お、おはようございます」

「おはよう」

朝が弱いグランジェーク様は、瞼《まぶた》を左手でこする。

同じベッドでしかも腕枕で眠っていたということの状況に、彼はまったく動じていなかった。

何から尋ねていいものか？

頬を染めて困惑している私を見て、彼はにこりと笑って額にキスを落とす。

「ひゃあっ!?」

慌てる私に対し、彼はようやく現状を理解して「あ」と呟《つぶや》いた。

「そうか、もう薬が……」

グランジェーク様はしばらく何か考えた後、私を抱き締めて頭を撫でる。

私はドキドキしっぱなしで、ただただおとなしくしていた。

ちらりと上目遣いに見てみると、グランジェーク様はにこりと微笑む。

「昨日、シュゼは一時的に記憶を取り戻していたんだ。薬師長が魔法薬を作ってくれたから」

そういえばとても苦い薬を飲んだ気がする。また、自分がとにかく必死で走っていたということは思い出してきた。

「シュゼは俺を追って、白の塔まで走ってきてくれたんだ。そこで『好きです』と伝えてくれて……幸せだった」

「私がそんなことを言ったんですか!?」

すっきりとした笑顔を見せられて、その話は本当なのだろうと感じた。

塔で色々な話をした後、師匠やマルリカさんの診察を受け、邸に帰ってきたという。

「効果は六時間だと聞いていたけれど、結局八時間半もったんだ。応急処置にしては、効果が長持ちした方だと思うよ」

問題は邸に帰ってきた後のことだ。

「あの～、ところでこの状態は一体なぜ？」

「だって離れがたくて。シュゼの気持ちも聞けたことだし、一緒に眠るのは当然だと思ったんだ」

グランジェーク様は幸せそうにそう言った。あまりに嬉しそうに話すから、私はぼんやりとその笑顔に見惚《みと》れてしまう。

「今日は休みをもらっているよ。シュゼはゆっくりしていて」

「私だけですか？　グランジェーク様は？」

わかっている。魔法師団長様がそんなに暇なわけがない。でも何となく寂しくて、つい不安げな顔になってしまった。

「用事を済ませて帰ってくるよ。待ってて」

起き上がったグランジェーク様につられて、私もベッドの上に座る。ところが、ただそれだけの動作で足腰が痛むし腕も痛いし、筋肉痛がすごかった。

「うっ！」

「シュゼ⁉」

今日が休みで本当によかった。この状態で城へ向かうなんて絶対に無理だ。

「すみません」

今起き上がったばかりなのに、私はもう一度ベッドに沈んだ。

「食事はここまで運ばせよう。俺が帰ってくるまでいい子にしててね？　帰ってきたら思いきり甘やかすから」

もうすでに甘やかされています。ベッドで食事なんて、どんな重病人かという状態だ。

「不甲斐《ふがい》ないです」

しゅんと落ち込む私に、グランジェーク様は「いってきます」と言って優しくキスをした。すごく自然に、何の躊躇いもなく……。

私もそれをすんなり受け入れてしまい、言いようのない幸福感で胸がいっぱいになった。

◆◆◆

王城の一角にある、美しい花々が咲き乱れる白亜の宮殿。

近衛騎士らが守る王女の私室の前に、紫色のローブを纏《まと》ったグランジェークが現れた。

「ステシア王女殿下と面会を」

その手にあるのは、面会許可証。それを見た近衛騎士は、即座に大きな扉を開いて入室を許す。

私室の中にいたのは、深い蒼《あお》色のドレスを着たステシア王女ただ一人。王女の部屋にふさわしい豪華な調度品や絵画があっても、ここは監獄だなとグランジェークは思った。

「どうぞ。魔法師団長様が直々にいらっしゃるなんて、驚きました」

テーブルにはティーセットが並んでいて、大ぶりの白百合《しらゆり》が飾られている。「驚いた」というわりには、客人を完璧にもてなす準備がされていた。

グランジェークは促された通りに席に着く。

メイドたちは、温かい紅茶を淹《い》れるとすぐに下がっていった。本来なら、王女と二人きりになることは許されない。

だが、今日だけは王の許可が下りていた。

王女も、その意味は理解していた。自分は父王に見限られたのだと。

「シュゼットさんはお元気？」

紅茶にミルクを入れた王女は、ティースプーンでそれを混ぜる。

グランジェークは飲み物にも菓子にも手をつけることなく、彼女の問いかけに返事をした。

「おかげさまでとても元気にしています」

「そう」

二人の間に沈黙が居座り、しばらくの間どちらも何も話さずにいた。

ステシア王女は紅茶を一口飲むと、寂しげな笑みを浮かべて口を開く。

「私、初めてだったの」

グランジェークはかすかに眉根を寄せる。

「誰かに『不幸になってほしい』って思ったのは」

「……」

それがシュゼットのことだとグランジェークは気づく。

魔法薬の混入を指示したのは王女だとわかってはいたものの、なぜその相手がシュゼットだったのか？　グランジェークはそれを知りたいと思ってここまで来たが、王女の口から語られたのはとても身勝手な理由だった。

（不幸になってほしいだと？　シュゼが何をしたというんだ）

魔法薬は必ずしも安全ではない。記憶の一部を奪われるだけでなく、命が危うい可能性すらあったのだ。グランジェークは、己の中に怒りがふつふつと湧き上がるのを必死で堪《こら》えた。

王女はそんなグランジェークの様子に気づいているはずで、けれど特に気にする様子もなく淡々と続ける。

「恋をして、幸せな時期もあったわ。毎日毎日、今日は彼に会えるかしらと考えて、声を聞くと心が満たされて……。彼といると本当に幸せだった。……でも、それは全部過ちだったの」

政略結婚からは逃げられない。王命には逆らえない。わかりきっていたはずなのに、いざ別れの日が近づいてくると胸が引き裂かれそうに苦しかったと王女は視線を落とす。

「養護施設に慰問するとね、『生まれてくる子どもに罪はない』って神父様がおっしゃるの。でも、ならばなぜ私は王族に生まれたというだけで未来を決められてしまうの？　愛する人と手を取り合うという道が、どうして生まれながらにしてないの？」

王女はテーブルにある白百合を見ながら、悔しげな表情を浮かべる。

「兄からはいつも『王族らしく』と厳しく叱責され、その通りに努力してきた。民衆に愛される王女として、どんなにつらいときも笑顔で振る舞った。たった一人でよかったのに。王女ではなく私を見てくれる人。マーヴィンがいてくれたらそれでよかったのに……！」

思い悩んでいたとき、園遊会でシュゼットに出会った。宮廷薬師ならば、この苦しみから救ってくれるかもしれない。

最初は純粋に助けを求めただけだったと彼女は話す。

「ルウェスト薬師長は、『忘れることで幸せになれるなら』と依頼を受けてくれたの。シュゼットさんにもマーヴィンとのことを聞いてもらって、そのときは心が軽くなったわ」

けれどある日、知ってしまった。

宮廷薬師として勤める彼女がグランジェークの恋人で、もうすぐ結婚することを。

「私がどれほど望んでも手に入らないものを持っていることが、うらやましくて堪《たま》らなかった……！

憎いと思ったの」

己の醜い感情を正当化する王女に対し、グランジェークは思わず言い放った。

「そんなこと、俺の妻には関係ない」

魔法薬を少しでも飲みやすくするため、シュゼットは休日を使って亡者の森へ赴いた。味のことは調合師に任せておけばいいのに、王女のために何かできることはないかと思って。

「シュゼは純粋にあなたを心配していた」

怒りを孕《はら》んだ声でそう言われ、王女はちらりとグランジェークを見た。しかしその表情にあったのは、反省ではなく開き直りだった。

「だって、どうしようもなかったんですもの」

いつものように、慈愛に満ちた理想の王女ではない、ただのステシアとしての言葉だった。まるで、こうするより他に方法はなかったとでも言うような態度で彼女は続ける。

「魔法薬がもうすぐ完成するって聞いた日、あの子に出会ってしまった。フィオリーは、あなたとシュゼットさんが楽しげに笑う姿を無表情で見つめていたの」

ステシアは直感した。この子も叶《かな》わぬ恋に焦がれている、と。

「優しい王女の顔で声をかけたわ。私にはあなたの気持ちがよくわかる、って」

王女はフィオリーに近づき、シュゼットに魔法薬を飲ませるよう誘導したと話す。

「本当に好きだったら薬なんかで忘れないでしょう？　でも本当に実行してくれるなんて……。とてもいい子で愚かな子だわ」

フィオリーが最後まで口を割らなかったのは、彼女もまた王女に対して同情し仲間意識があったからではないかとグランジェークは思った。

「あなたの予想通りだったかしら？　もう国王陛下にも話が伝わっているなら逃げようがないわね」

何もかもどうでもいい、どうせ自分は隣国へ嫁ぐのだから。そんな心の声が透けて見える。

「マーヴィンは……」

グランジェークがその名を上げると、かすかに王女は反応する。

「マーヴィンはあなたの幸せを願っていた」

「嘘よ」

「本当だ。突き放したのは、あなたに自分を忘れてほしかったからだと言っていた。酷《ひど》い男に騙《だま》されたと思うことであなたの恋心が消えてくれれば、嫁ぐときに前を向けるだろうと」

やり方は間違っていたのかもしれない。けれど、マーヴィンはグランジェークが尋問した際もずっと王女のことを気にかけていた。

「今さらそんなこと言われても信じないわ。だって私はもう何もかも失ってしまったのよ」

恋人も、王女としての信頼も、幸せになる未来も何もかも残っていない。

そんなステシアは投げやりな様子でガタッと椅子を鳴らして立ち上がる。

「もう帰って。いくら魔法師団長でも、物的証拠がなければ私を裁くことなんてできない。ううん、証拠があってもあなたは私に何もできない。あなただって私と同じで、その立場や役目に囚《とら》われて生きてきたんだから……！」

王女がそう主張したそのときだった。突然眩暈《めまい》に襲われたように、ぐらりと上半身が前に倒れる。

「え……？」

テーブルに右手をついたステシアは沈黙した。

グランジェークはそれを見届けると、スッと立ち上がり踵《きびす》を返す。

「な……に？」

目を細め、苦しげな表情でグランジェークの背中を見つめるステシア。はぁはぁと呼吸が荒くなっていき、手で胸を押さえた。

扉の前で立ち止まり、軽く振り返ったグランジェークは冷めた目で告げる。

「魔法薬には副産物があった。想い人の記憶を消す効果と、反対にそれを強める効果だそうだ。しかも幻覚というおまけ付きで、とても薬にはならないらしい」

一体何を言っているのか、とステシアはグランジェークを睨《にら》む。だがすぐに、原因を察したようだった。

「この花……」

テーブルにある白百合には、細かい花粉がついている。これは今朝、魔法師団からここへ運ばせたものだ。

「あなたの隣国行きはなくなった」

グランジェークがすべてを王に報告すると、王は「そんな娘を同盟の証《あかし》として隣国へやることはできない」と為政者として正しい判断をした。

（謝罪が魔法師団長へのものであって、シュゼに対するものでないことは不満だが……。この際そこは目を瞑《つぶ》ろう）

王女は、健康上の理由によって婚約解消。代わりに、隣国の第二王女がこの国の王太子の皇后としてこちらに来ることが急遽《きゅうきょ》決まった。

すでに皇妃のいる王太子も、政治上の理由ならば仕方がないとあっさり受け入れた。妹による悪行の責任は自分にもある、彼はそう言ってグランジェークに詫《わ》びた。

「よかったですね。これからあなたは、北部にある修道院で一生暮らします。もう決して会うことのできない想《おも》い人への恋情を、魔法薬で膨れ上がらせたまま生涯を終えるのです」

王女は目を瞠り、絶望に息を呑む。

グランジェークは冷酷な目で彼女を見下ろし、かすかに微笑みながら告げる。

「悪いが、俺は理性的な男じゃない。俺も、彼も、怒っているんだ」

「彼？　ちょっと、待っ……！」

涙目で手を伸ばす王女をそのままに、グランジェークは部屋を出た。

王族を極刑に処す法はない。リンクスは「報復するのならいくらでも動きます」と言っていたが、ただ死なせるだけでは気が済まないとグランジェークは思った。

「まぁ、いずれどこかで使い途《みち》があるかもしれませんしね」

薄っすらと笑みを浮かべながらそんなことを言うリンクスを見て、グランジェークは「なぜ魔法使いにはまともな奴がいないんだ」と内心嘆いたが、考えても仕方がないので考えないことにした。

廊下を歩くグランジェークは、直接手を下せないことを残念に思いながらも、協力者の元へ向かった。「終わりました」と報告するために。

(シュゼには何て説明しよう)

外へ出ると、眩《まぶ》しいほどの光が降り注いでいる。

シュゼットは今頃、ロボットメイドに世話を焼かれながらおとなしくしているだろうか。

(俺にとってはささやかな復讐《ふくしゅう》ではあるが、シュゼットが王女の処遇を知れば傷つく)

できれば、彼女の心にしこりを残さないような作り話をしたかった。

グランジェークにとって、それだけが気がかりだった。


茶色い大きな扉には、『薬師長室』と記された金色のプレートがかかっている。

入り口にある紫のラナンキュラスは、宮廷薬師の使う書類にも描かれているシンボルだった。

(白のラナンキュラスは純潔、紫の場合は何だったか？)

以前、誰かに聞いた花言葉。グランジェークは、扉をノックしつつそんなことを考えていた。

「どうぞ」

中から返事がして、グランジェークは扉を開けて中へ入る。窓辺にある書き机には書類が山積みになっていて、三体のロボットメイドがせっせとそれを仕分けしていた。

「終わったのかい？」

手元の書類にサインをし、顔を上げたルウェストは尋ねる。

グランジェークは遠慮なく椅子に座り、彼の方を見て「ええ」とだけ言った。

ルウェストはペンを置き、グランジェークの斜め前に座る。

ロボットメイドたちは主人に退出を命じられ、素早く部屋から出ていった。

二人きりになると、グランジェークは王女のことを報告する。

「王女は北の修道院へ送られることになりました。出発は十日後です」

「そうか。シュゼットにはどう説明するの？」

「王女は心を病み、療養のため修道院へ入ったということにします」

「それがいいだろうね。……私がうっかり口を滑らせたらごめんね？」

「絶対にやめてください」

ここでグランジェークは、ローブの内ポケットから青白い粉が入った瓶を取り出し、テーブルの上に置く。それを受け取ったルウェストは、中身が減っているのを一瞥《いちべつ》してからまたグランジェークに押し付けた。

「処分してくれ。何も残らないように」

グランジェークは黙って瓶を受け取ると、その手の上で一瞬にしてそれを焼き尽くす。

これで何もかも終わった。そんな空気が流れたとき、グランジェークは尋ねた。

「なぜ協力してくれたんですか？」

宮廷薬師は、基本的に善良な性質を持つ者が多い。

ルウェストが王女への報復に加担したのは意外だった。

「ははっ、私はどちらかというと魔法使い側《そっち》なんだよ。弟子に手を出されて怒ってもいたし、副産物とはいえできたものを使ってみたかったという好奇心も……ね？」

好奇心、というのは予想の範囲内だ。だが、薬草採取に向かい弟子の結婚式にも参加しなかったような男が「弟子に手を出されて怒っていた」というのは首を傾《かし》げずにはいられない。

「そういえば、なぜシュゼの後見人を？」

以前から気になっていたことだった。

魔法薬の研究にしか興味のないルウェストが、面倒な手続きがある後見人を引き受けたのはなぜだったのか？

ルウェストはその質問にも笑みを浮かべたままだったが、少しだけ瞳に翳《かげ》りを見せる。

「何となく、だよ。あぁ、たまたま後見人をやってもいいかなって思ったから」

納得がいかない顔のグランジェークに、ルウェストは苦笑いをした。

「もう二十年以上前のことだよ……、私には妻子がいたんだ」

天才薬師として早くから名をはせていたルウェストは、かつて幼馴染《おさななじみ》の女性と結婚していた。

婚約話はたくさんあったが、自由すぎる彼についていける女性がその人しかいなかったので、「周囲に強引にまとめられての結婚だった」と彼は言った。

気ままなルウェストと、しっかり者の妻。だが幸せな暮らしは長く続かなかった。

「もうすぐ子が生まれるっていうときに、私はいつも通り採取に向かったんだ。ちょうど今頃の季節だったかな、千年花が咲くような気がしたんだ」

妻が止めることはなく、いつものように笑って見送ってくれた。

「彼女は僕の性分を理解した上で結婚した稀有《けう》な女性だったから、怒ったり泣いたりしなかった。ただ、『仕方ないわね』って笑ってた」

それが最後に交わした言葉になるとは思っていなかった、と彼は呟く。

「採取から帰ってきたら、もう妻は亡くなっていてね。子どもも一緒に。生命反応がない体を医局に運んだのは、後にも先にもあれ一度だけだったなぁ……。僕は薬師だし、出産がどれほど危険なものかって知っていたはずなんだ。でも、理解してはいなかった。想像もできていなかったって知ったよ」

きっと後悔したはずだ。自分が家にいれば、妻子を助けられたかもしれないと。

「薬師を、辞めようとは思わなかったのですか？」

（シュゼットがもしも目を覚まさなかったら、俺は何もかも放り投げて後を追うかもしれない）

むしろ、そうじゃない未来が想像できないとグランジェークは思った。

けれど、ルウェストはグランジェークの質問に薄く笑って首を振る。

「辞めないよ。そんなことしたら、僕は三人殺したことになる。償い方なんてわからないから、ただできることをして生きてる」

妻子を亡くしても魔法薬の研究を続ける彼に、同情する者、非難する者、反応は様々だったそうだ。ただしそれも一時のもので、三年も経《た》てばルウェストが結婚していたことを思い出す者もほとんどいなくなった。

「葬儀が終わってから妻の日記を見つけてね。そこには子どもの名前が書いてあったんだ。『どうせルウェストは名前なんて考えていない、私が考えておかなきゃ』って」

この国の法では、生まれる前に亡くなった子どもに戸籍は作れない。でも、墓には妻と子の名を二人分彫った。

「千年花が植えてあるリスランの丘に墓を作ったんだ。『リリアーデ』『シュゼット』と二人分の名前を入れて。……シュゼットのことは、本当に偶然だった。よくある名前だしね。後見人がいないって事務官に言われて、たまたま目にした名前が娘と同じだっただけ。ほんの気まぐれだったよ」

いいよ、と軽い返事で引き受けたらしい。

シュゼットは祖父を亡くし、両親に拒絶され傷ついていたがそんなそぶりを見せずに仕事に打ち込んでいた。その姿が自分と重なり、彼女もまた生きるのが下手なんだろうと思ったと話す。

「でも、弟子として一緒に過ごすうちに次第に妻みたいなことを言い出すんだから面白くてね」

何も大事なことを説明しないルウェストに、多くの薬師が呆れて「ついていけない」と弟子を辞めていった。でも、シュゼットは師匠の言葉足らずにイライラしたり、本気で怒ったりせず、いつも「仕方ないですね」と笑っていたそうだ。

「シュゼらしい」

「だよね」

「あなたは、シュゼのことを娘のように思っていたんですね」

そう解釈したグランジェークだったが、ここでもルウェストは攫《つか》みどころのない返答をした。

「どうかな？　わからないよ。娘いないし」

「……」

明るくそう言われ、グランジェークは沈黙する。

（結婚式に間に合わなかったのは、もしかすると見たくなかったんじゃないか？）

本人に自覚があるかどうかはさておき、ルウェストがシュゼットのことを弟子の一人以上に情を持っているのは確かだと思った。

王女への復讐に加担したのも、ルウェスト自身が大事な娘を傷つけられて怒っていたから。そんな風に想像していると、ルウェストは思い出したかのように言う。

「君と結婚するって報告を受けたときは、ホッとしたんだ。『あぁ、この子は私みたいな男を選ばなかった』って」

シュゼットのことを好きすぎるグランジェークなら、悪い結果にはならないだろう。

ルウェストは何となくそう思い、二人の結婚を祝福したのだと笑った。

「君は随分としつこいし、根暗だし、かっこつけだし、でも優秀な魔法使いだ。何よりシュゼットを深く愛しているから、いい男だよ」

「褒め言葉として受け取っておきます」

「本当に褒めてるんだよ？　すごいなって」

じとりとした目で睨むも、ルウェストは笑顔のままグランジェークを見る。

これ以上何か言っても無駄だと判断したグランジェークは、会話を切り上げて席を立った。

「シュゼが待っているので帰ります」

グランジェークは扉に向かい、そのドアノブに手をかける。

「……」

「どうしたの？」

扉を開けずに黙り込んでいたら、不思議そうに声をかけられた。軽く振り返ったグランジェークは、小首を傾げるルウェストに向かって宣言する。

「シュゼの記憶が完全に戻ったら、もう一度結婚式をします。それを奪っていく男を見せつけたいので」

「へぇ～」

「あなたの邸で行いますから。シュゼの花嫁姿と、それを奪っていく男を見せつけたいので」

「ははは、面白いことを言うね。グランジェークは」

椅子に座ったまま、長い脚を組んだルウェストは勝ち誇ったような顔で言った。

「貴族だからって邸が片づいていると思わない方がいいよ？　僕はここ数年、物を踏まずに邸の中を歩けたことはない」

「片づけろ」

「ロボットメイドもいないし、使用人もいないし、実験中に爆風で割れた窓もそのままだ」

「どうやって生活しているんだ⁉」

グランジェークは目元を引き攣《つ》らせ、これは早急にシュゼに伝えなくてはと思った。ドアノブを握り、ガチャリと扉を開く。

ルウェストは楽しげに笑い、手を振って見送っていた。

「もし結婚式をするのなら、紫のラナンキュラスを邸にたくさん飾るよ。君たちに『幸福』が訪れるように」

【エピローグ】君のためなら生きられる

『お客様がいらっしゃいました』

「お客様？」

朝食を食べて着替えた頃、邸《やしき》に客人がやってきた。

まさかまた母が来たのでは……と一瞬だけ不安を抱くも、その人が部屋まで案内されてきたので安《あん》堵《ど》した。

「おはよう」

「アウレア？　おはよう、一体どうしたの？」

金髪をくるくると巻いたアウレアが、宮廷薬師のローブ姿で現れた。そういえば、アウレアは今日から謹慎が明けるから出勤だったような。

フィオリーに利用されただけの彼女への疑いはすぐに晴れ、今後は監視もなく日常に戻れるとグランジェーク様から聞いていた。

表向きは体調不良ということにしてあったので、ルウェスト薬師長と私以外にアウレアの謹慎を知る者はいない。

アウレアはいつも通りの態度で私の部屋に入ってくると、ソファーに腰を下ろす。

「別に、あなたが暇を持て余してるかなって思って来ただけよ」

「へぇ」

「ほら、私の顔を見てないから元気が出ないんじゃないかなって。庶民くさいあなたに、うちのシェフが作ったおいしい料理を恵んであげようと余りものを持ってきたのよ！」

なるほど。私のことを心配して、お料理や菓子を差し入れに来てくれたのか。アウレアだって、きっと落ち込んでいるのに。

私は正面の椅子に座り、アウレアにお礼を言った。

「ありがとう。心配してくれて」

「はぁ？　心配なんてしていないわ！」

「ふふっ、そうなんだ？」

「そうよ！　ちょっと申し訳なかったくらいに思ってるだけで、私は悪くないんだし、あなただって勝手に元気になるだろうから心配なんて無駄なことしないわよ！」

素直じゃないアウレアは、むきになって否定していた。

『ケンカ、ですか？　加勢は必要ですか？』

主人に似て好戦的なロボットメイドが、扉の隙間からこちらを見つめてそう尋ねる。

私は慌ててそれを制し、控えているように言った。

「お願いだから、私の友だちを攻撃しないで」

私がおろおろしている前で、アウレアは優雅に紅茶を口にしていた。

今日、これから調合室へ行っても、もうフィオリーはいない。彼女は、家の事情で仕事を辞めたことになっている。

新しい事務官は来週には派遣されるそうで、そのあたりの段取りもすべて魔法師団がリンクスさんの指示で行ってくれた。

しんと静まり返った部屋で、しばらくの沈黙の後でアウレアがぽつりと話し始める。

「――まったく気づかなかったわ。フィオリーのこと」

私もアウレアも、フィオリーの本音に気づかなかった。笑い合った時間がすべて嘘《うそ》だったとは思いたくない。

「あんなに一緒にいたのに……」と呟《つぶや》いた声音から、アウレアの悲しみが伝わってきた。

「私はいつも遠慮がちで気弱なあの子を、自分が助けてあげている気になってた。でも、よけいなお節介だったんでしょうね。強引にあちこち連れ回していたから、それが嫌だったのかも」

「アウレア……」

フィオリーの気持ちは、フィオリーにしかわからない。けれど、私たちが彼女に対して持っていた親愛の情を、彼女は持っていなかったのだろう。

グランジェーク様によると、フィオリーは時期を見て修道院へと送られ、そこで農作業や奉仕活動を行って一生を過ごすことになるらしい。

私が厳罰を求めればその願いは叶《かな》うと言われたけれど、とてもそんな気分にはなれず、裁判官の判断に任せることにした。

落ち込む私に対し、アウレアは顔を上げてきっぱりと宣言する。

「私は落ち込んでなんかあげないわ。私にはプライドがあるのよ。名家の伯爵家の娘として、暗い顔で人前に出るなんて許されないもの」

「そう……」

「私の結婚まであと三カ月しかないし？　フィオリーのことなんてもう忘れたって顔で、世界一幸せな花嫁になるわ。私は、私を大事にしてくれない人のことなんてこっちから切り捨ててやるの」

アウレアは強かった。

私はかすかに笑みを浮かべ、「そうだね」と言って頷《うなず》く。

強がりだってわかっているけれど、これが彼女なりの前に進む方法なんだって思ったら、私も暗い顔はできない。

「ありがとう。アウレアが友だちになってくれて本当によかった」

「なっ⁉」

いっぱい傷ついたけれど、私は一人じゃない。

グランジェーク様も、アウレアも、薬師長にマルリカさんだって、私のことを心配してくれる人はたくさんいる。

アウレアがこうして来てくれてよかった。

にこにこと笑って彼女を見ると、その顔がすぐに真っ赤になっていった。

「何言ってるのよ！　いつ友だちになったのよ⁉」

「え、違うの？」

「違わないわよ‼　私がいつ違うって言ったのよ！」

今日もアウレアはアウレアだった。

私がくすくすと笑っていると、彼女はバッと勢いよく立ち上がる。

「もう行くわ！　しばらく休んだから研究が滞ってるのよ！」

鼻息荒く玄関へと向かう彼女の後を追って、お見送りをした。

「じゃ、また明日ね」

「ええ、また明日」

待っていた護衛が馬車の扉を開ける。乗り込んだアウレアは、窓から私を一瞥《いちべつ》すると前を向いた。

花が咲き乱れる庭を馬車が通り抜け、その姿はすぐに見えなくなる。

明るい光が降り注いでいて、今日もいい天気だなぁと私は目を細めながら空を見上げた。

そのとき、突然背後にふわりと風が巻き起こる。

「ただいま」

「グランジェーク様!?」

後ろから抱き着かれ、私は驚きで声を上げる。

「馬車、置いてきちゃった。早くシュゼに会いたくて」

転移魔法でご帰宅のグランジェーク様は、笑ってそう告げる。耳元で囁《ささや》かれたその声があまりに甘くて、胸がどきりとした。

「おかえりなさい」

「ただいま。ゆっくりできた？」

私は彼の腕の中でくるりと向きを変え、その顔を見上げて笑顔で話す。

「アウレアが顔を見せに来てくれたんです。今はその見送りに」

「うん、知ってた。気配がしたから」

腕輪をつけていないのに気配がするって一体……？

勘ですか？　それとも五感が発達しているとか？

「…………」

「…………」

麗しい笑みを浮かべるグランジェーク様は、とても機嫌がよかった。よくわからないけれど私も嬉《うれ》しくて、自然に笑みが零《こぼ》れる。

「あの、私これから裏の薬草園でミントを摘もうと思っていたところで」

「え、体は大丈夫なの？」

ううっ、何とかそこはがんばります。ただの筋肉痛だからちょっとくらいは平気なはず。

あははと笑ってごまかそうとした。

グランジェーク様は、仕方ないなという風に笑う。

「俺も一緒に行くよ」

「いえ、帰ってきたばかりなのにそれは」

「シュゼと一緒にいたいんだ。……ダメ？」

そんな一緒にいないと寂しい、みたいな。私の反応を窺《うかが》う声音に「ダメ」だなんて言えなかった。

「じゃ、行こうか」

するりと右手を繋《つな》がれ、彼は邸の裏側に向かって歩き始める。ところが、一歩目ですでに私の内ももとふくらはぎがズキンと痛んだ。

「うっ！」

「シュゼ⁉」

前かがみになり、顔を顰《しか》める私。歩けるのは歩けるけれど、亀みたいな速度だった。

「すみません、脚が」

邸に戻りましょう、そう言うより先にいきなり体が持ち上げられる。

「これなら歩かずに行ける」

「えっ、でもこれでは」

私を抱っこしたまま歩いていくグランジェーク様は、長い脚でさくさくと進んでいく。

確かにこの状態の方が速いけれど、私にも羞恥心というものがありまして……！

「やっぱり自分で歩きます……！」

「無理しないで。俺はシュゼの足になりたい」

「真顔で何言ってるんですか⁉」

おろおろする私。とても楽しげなグランジェーク様。

薬草園に到着しても、彼は一向に私を下ろしてはくれなかった。

黄色いフェンネルの花が咲いていて、その向こうには白百合《しらゆり》が美しく咲いている。

「下りないとミントを摘めませんよ？」

「うん、そうだね。ロボットメイドに頼もうか」

「え？　じゃあ私がここに来た意味は？」

無駄に運ばせてしまったことになりますが？

目を瞬《しばたた》かせる私を見て、彼は苦笑する。

「俺がシュゼと来たかったから。散歩だよ」

「散歩？」

私はまったく歩いていないのに、これは散歩したことになるのだろうか？

でもグランジェーク様が幸せそうに笑うから、もうそれでいいかと思ってしまった。

「さて、俺のシュゼがご所望のミントは……」

「あそこですね」

私は薬草園の一部を指さす。

「あれ？　百合がちょっとなくなってる？」

ミントの隣にあった百合が、一部だけなくなっている。

不思議に思っていると、グランジェーク様が返事をくれた。

「あぁ、ごめん。ちょっと持っていったんだ」

「魔法師団に？　観賞用なら、あちらの花粉が少ない品種の方がお勧めでしたよ？」

「そうか、では次があればそっちを持っていくよ」

職場に花を持っていくなんて意外な一面もあるんだ。

でも、何だろう？　この笑顔は『魔法師団長様』の笑顔な気がする。

「グランジェーク様？　何か隠していますす？」

そう尋ねると、グランジェーク様はわかりやすく目を逸《そ》らした。

「困ったなぁ……ところでシュゼ、ミントは何に使うの？」

話を逸らされた。これはもう聞かないでくれということなんだろうな。

ススス ッ……と薬草園を移動するロボットメイドは、その指先をハサミに変えてミントに狙いを定めていた。

『ミント、これより採取します』

私は百合について追及しないことにした。

「ミントティーにしようと思って。それに薬草ドリンクも今日はまだ作っていないので、試作を続けてみようかと」

薬草ドリンクは相変わらず味が酷《ひど》いままで、まだまだ改良が必要だった。

グランジェーク様は「そうか」と言うと、いつの間にかそばに来ていたほかのロボットメイドたちにもミントを摘むように指示をする。

ぽかぽか陽気の薬草園はとても心地よく、平穏な日々っていいなと実感した。

「シュゼ」

「はい?」

名前を呼ばれ、グランジェーク様を見上げる。

その瞬間に軽く唇が重なり、驚いた私は目を見開いて動きを止めた。

「不意打ちは……、ちょっと」

顔を赤くする私を見つめ、グランジェーク様はにこりと微笑《ほほえ》む。

「かわいい。永遠に見ていられる」

呆れるほどに愛が重い。

けれど、これもまた幸せだと思ってしまうのだから私もけっこう重症だわ。

記憶が戻ったら、この人はどれほど喜んでくれるだろうか？

できればずっと、こんな風に笑顔でいられる日々が続いてほしい。

「記憶を失《な》くしたのにまた好きになるなんて……」

ぽつりと漏れた本音。グランジェーク様は一瞬だけ目を瞠《みは》り、そしてぎゅうっと私を強く抱き締めて頰ずりをする。

「シュゼ、愛してる！　君のためなら生きられる！」

元・クールでかっこいい憧れの魔法師団長様は、今日もとにかく愛が重い。

私は困り顔になりつつも、この腕の中でしか感じられない幸せがあるのだと知っているから、どこまでも一緒にいようと心に決めた。

番外編　夫婦らしくなりたい

グランジェーク様と私が住んでいるカーライル侯爵邸には、毎日ひっきりなしに舞踏会やお茶会の招待状が届く。

それには決まって『ご結婚おめでとうございます。幸せなお二人にぜひお会いしたいです』といった言葉が書かれていた。

祝いの花は、ロボットメイドが安全を確認した後で廊下や居室に飾ってくれている。赤や黄色の薔《ば》薇《ら》に彩られた玄関はまるで今夜パーティーが開かれるかのような豪華な雰囲気だ。

「結婚……しているんだよね、本当に」

記憶喪失だとわかって二日目で結婚式を挙げ、つい先日までバタバタしていたから実感があまりないけれど、私はグランジェーク様の妻なのだ。

彼は記憶のない私を気遣い、侯爵夫人としての役目は一切求めてこない。それどころか、ずっと宮廷薬師を続けてもいいと言ってくれて、「俺はシュゼのそばにいられるだけで幸せだから」と優しい眼差《まなざ》しで告げられた。

「グランジェーク様に甘えすぎている気がする……！」

少々遅すぎる気はするものの、妻として努力しなくては。私はそう決意した。

日暮れ前。いつもより少し早い時間にグランジェーク様が邸《やしき》に戻ってきた。

私は、彼に贈られたラベンダー色のワンピースを着て緊張気味に出迎える。

「おかえりなさい。グラン様」

「ただいま……ってシュゼ？　グラン様って、もしかして記憶が戻ったの？」

期待と驚き、両方が混ざった目を向けられた。

「いえ、あの、違うんです。そうじゃないですけれど、グラン様と呼んだ方が……ちゃんと夫婦みたいだなってそんな気がして」

説明しながら恥ずかしくなってきた私は、思わず目を逸《そ》らす。

夫婦らしさとは？　と考えてみたもののまるでわからず、愛称で呼ぶという単純なことしか思い浮かばなかったなんて子どもみたいだ。

でもグランジェーク様は私をそっと抱き締めて言った。

「ありがとう。嬉《うれ》しすぎて倒れるかと思った。もう一度呼んでくれる？」

私は彼のローブをぎゅっと握り、抱き締め返しながら再び口にする。

「グラン様……」

心臓がドキドキと鳴っていて、ただ名前を呼ぶだけなのに顔が熱くなってくる。

私は本当に二年間もこの方と恋人だったんだろうか？

そのうち慣れて、グラン様と自然に呼ぶことができるようになるの？

「私の方が倒れそうです」

「何だって!?」

ふと口にした言葉に、グランジェーク様が息を呑《の》んで顔色を変えた。ぱっと腕を離すと、慌てた様子で私を横抱きにして持ち上げる。

「きゃあああ！」

「シュゼ、すぐにベッドで休むんだ！　マルリカを呼ぶから少し待……」

「違います違います！　そういう意味の倒れそうじゃないです！」

「え？」

彼はぴたりと動きを止めて、私を見つめる。

緊急事態だと察知したロボットメイドたちが集まってきていて、一瞬で大事になってしまったと気づいた。

「私のせいです。グラン様と呼ぶだけで緊張して胸がドキドキして」

「シュゼ」

「好き、だからですかね……？　夫婦らしくしなきゃって、努力しようって思ったのにちゃんとできなくて……」

何を正直に相談してしまっているんだ、と心の中で思うもつい本心が口から漏れる。

グランジェーク様は私をゆっくりと下ろすと、両の肩に手を置いて真剣な顔つきで言った。

「結婚しよう」

「もうすでにしていますよ？」

「昔のシュゼも好きで、今のシュゼも最高にかわいいと思う。だからもう一度結婚したいと思って」

「えええ」

今度こそ本当に倒れそうになった。

この世界のどこを探しても、私をここまで愛してくれる人はグランジェーク様だけだろう。嬉しいやら恥ずかしいやら、色んな感情が入り交ざる。

「シュゼ、愛してる」

唇を重ねるだけの軽いキスの後、グランジェーク様は麗しい笑みを浮かべて私を見つめた。

「ちゃんとした夫婦がどんなものか、俺にはわからない。でも二人でゆっくりと夫婦になっていこう。シュゼさえいてくれれば俺は幸せなんだから」

「欲がなさすぎますよ」

一般的な夫婦らしさに自分たちをはめ込むよりも、こうして笑い合える日々を重ねていけたらそれでいいのかもしれない。グランジェーク様の笑顔を見ていたら、そう思えた。

ここでふと、自分たちに突き刺さる視線を感じてパッと振り返る。

『お薬をお持ちしましょうか？　それ、とも、マルリカ様に連絡を取りましょうか？』

ロボットメイドたちがじっと待機して、私たちからの指示を待っていた。

人ではないとはいえ、ものすごく恥ずかしい。

絶句する私の前で、グランジェーク様は涼しい顔で言う。

「ここはいい。皆、持ち場に戻って仕事を続けてくれ」

『かしこまりました』

「ああ、それから食事はシュゼと並んで食べるから席の準備を頼む。夫婦らしく、食事も入浴も睡眠もずっと一緒に行うから」

「え？」

今何か聞こえた気がする。

グランジェーク様に命じられたロボットメイドたちは、一瞬でここから去っていった。その素早い動きに迷いはなく、私だけが呆気《あっけ》に取られている。

「シュゼ、ずっと一緒にいようね？　夫婦だから」

有無を言わせない圧を感じる。

私はどこで間違えたの……？

「えーっと、その、努力目標ということで」

「うん、がんばろうね？」

「は、はい……」

再び私を抱き締めたグランジェーク様は、とてもご機嫌だった。優しい抱擁なのに、『逃げられない』と直感する。

私たちの新婚生活はまだ始まったばかり。

このぬくもりが当たり前になるくらいに、末永く一緒にいられたらと願った。

あとがき

このたびは『記憶喪失の薬師ですが、寡黙なはずの魔法師団長様が溺愛モードで離してくれません!!』をご覧いただき誠にありがとうございます。

アイリスＮＥＯさんでの四作目となった本作は、好きで好きでどうしようもない恋人に自分のことだけを忘れられてしまったという、グランジェークにとってはかなりのホラーなラブコメでした。作者としては満面の笑みで「なんてかわいそうなんだろう」と思いながら書きました。

彼の過剰な執着も内面の脆さも、シュゼットなら丸ごと愛してくれるはず。記憶がなくなっても相思相愛な二人には、新婚生活を満喫してもらいたいです。

美しいイラストは、あのねノネ先生が描いてくださいました！　かわいらしいシュゼットとかっこいいグランジェークを描いていただき、本当にありがとうございます。

また、いつもお世話になっている編集部の皆様、関係者様、本作を刊行していただきありがとうございました。

読者の皆様に笑ってもらえる恋愛小説を書けるように、これからもがんばります。

『やり直し精霊姫は加護なし皇子の寵妃を目指す
死にたくないので結婚します！』

著：柊 一葉　イラスト：マトリ

一族を滅亡させる謎の病で死んでは18歳の誕生日に戻り、人生3周目の精霊族の姫・心如《シンルー》。一族を救いたいのに、国には薬を研究するお金がない！　資金繰りに悩んでいると、大国の皇子・聖《シャン》の婿入り先が探されているとの話を耳にする。彼は反逆罪の濡れ衣を着せられ処刑される運命なのだが……。心如は「皇子様を婿に迎えれば持参金が入る！」と聖と結婚することを決め――!?　今生こそ、皆で幸せになりましょう！　死に戻り姫と訳あり皇子の中華風ラブファンタジー！

記憶喪失《きおくそうしつ》の薬師《くすし》ですが、寡黙《かもく》なはずの魔法師団長様《まほうしだんちょうさま》が溺愛《できあい》モードで離《はな》してくれません!!

2024年2月5日　初版発行

初出……「記憶喪失の薬師ですが、寡黙なはずの
魔法師団長様が溺愛モードで離してくれません!!」
小説投稿サイト「小説家になろう」で掲載

著者　柊 一葉

イラスト　あのねノネ

発行者　野内雅宏

発行所　株式会社一迅社
〒160-0022 東京都新宿区新宿3-1-13 京王新宿追分ビル5F
電話　03-5312-7432（編集）
電話　03-5312-6150（販売）
発売元：株式会社講談社（講談社・一迅社）

印刷所・製本　大日本印刷株式会社
ＤＴＰ　株式会社三協美術

装幀　今村奈緒美

ISBN978-4-7580-9616-4

おたよりの宛て先

〒160-0022 東京都新宿区新宿3-1-13 京王新宿追分ビル5F
株式会社一迅社　ノベル編集部
柊 一葉《ひいらぎいちは》 先生・あのねノネ 先生